Le Code de la propriété intellectuelle interdit les copies ou reproductions destinées à une utilisation collective. Toute représentation ou reproduction intégrale ou partielle faite par quelque procédé que ce soit, sans le consentement de l'Auteur ou de ses ayants droit ou ayants cause est illicite et constitue une contrefaçon sanctionnée par les articles L. 335-2 et suivants du Code de la propriété intellectuelle.

Droit de citation : conformément à l'article L. 122-5 du Code de la propriété intellectuelle, les courtes citations sont autorisées, sous réserve que soient indiqués clairement le nom de l'auteur et la source. La citation doit être brève et intégrée au sein d'une œuvre construite pour illustrer un propos. La citation ne doit pas concurrencer l'ouvrage original, mais doit plutôt inciter le lecteur à se rapporter à celui-là.

Le Pianiste des 2 G
Des nouvelles d'Aix-en-Provence

Du même auteur

- **Le Rabot de Louis**
  Saga historique

- **Aix et la Vertu**
  Recueil de récits de (vraies) vies aixoises

- **Le Promeneur Aixois**
  Aix-en-Provence au XIXe siècle

- **Au Clair de Lune**
  Nouvelles érotiques

- **Sous le Métro, la Plage !**
  Roman

- **Sépia**
  Chansons et poèmes

- **Jean Ier : les cinq jours**
  Récit historique

- **La Cité des Arions**
  Récit fantastique

- **Objets inanimés qui avez mon âme**
  Textes-Photos

- **Botswana : la vraie vie des animaux**
  Textes-Photos

- **Abricotin le Lapin**
  Pour très jeune public

amazon.thierrybrayer.fr

ou

chez les libraires aixois

L'auteur

Thierry Brayer, né en 1962, est formateur en langue française, coach en écriture de romans et de chansons, animateur d'ateliers d'écriture, conférencier et intervenant scolaire.

Il est un passionné : Aix-en-Provence est son terrain de jeu ! Il organise divers ateliers autour du patrimoine de sa cité ainsi que des rencontres avec les protagonistes aixois dont l'histoire est leur point commun.

Il anime le blog LAIXOIS.FR ainsi que le groupe HISTOIRE AIX-EN-PROVENCE sur Facebook.

Il est l'auteur de nombreux autres ouvrages.

En savoir plus sur l'auteur :

www.**LAIXOIS.FR**
et
www.**THIERRYBRAYER.FR**

Lui écrire :

THIERRY@LAIXOIS.FR

Le Pianiste des 2 G
Des nouvelles d'Aix-en-Provence

Thierry BRAYER

Avant-propos

« **Les Deux Garçons** », mythique et emblématique brasserie d'Aix-en-Provence du haut du cours Mirabeau, était un décor. Et souvent, les décors, on les voit sans les regarder. Ils sont là et cela suffit. Et bien sûr, on ne peut imaginer qu'ils puissent disparaître, comme ne peut disparaître un arbre ou une montagne. Pourtant, nombre d'arbres du cours Mirabeau ne sont plus et la sainte-Victoire, un jour, redeviendra certainement plaine ou fond d'océan.

Les « **2 G** » ne sont plus. Certes, l'hôtel de Gantes se tient toujours droit sur le haut du cours, mais ce samedi 30 novembre 2019 au tout petit matin, c'est l'un des plus fragiles décors de notre ville qui est parti en fumée au moment même où une immense peine naissait. Les **2 G** étaient indissociables de la cité, comme la cité l'était des **2 G**.

Aller aux **2 G**, c'était un rite, une coutume, comme voir un ami, s'installer et parler avec lui de rien, de tout… même si ce n'était déjà plus « comme avant » depuis bien longtemps.

Les souvenirs que l'on en a sont dans nos esprits, mais ce sont surtout ceux que l'on allait avoir que l'on regrette déjà, ceux-là mêmes que l'on ne pourra plus avoir.

Et c'est comme ça…

Dis-moi, ô ville, ô village !
Pourquoi venir me quérir soudain,
M'emporter dans ton si peu corps sage
Et me noyer dans tes saints ?

Pourquoi m'obliges-tu à musarder ici-bas,
Comme un fantôme mille fois puni ?
Me condamner à t'aimer, pourquoi ?
Ai-je donc tant mérité ta tyrannie ?

Où puis-je filer, au pis-aller
Sans risquer de m'évanouir ?
Pour te respirer, pour te haler
sans le péril de me détruire ?

Fille des eaux pures,
Tu me racontes ce que je n'ai su ;
Mais je la subis, ta torture !
Je te pardonne : ainsi sois-tu !

In Aixtenso,
Je suis dans ton intégralité.

À ceux qui me font confiance,

et aux autres aussi…

Le Pianiste des 2 G

Je ne suis qu'un pianiste de bar ; je joue pour ceux qui veulent bien m'entendre. J'en vois débouler, des gens, qui s'accrochent à mes notes pour trouver un équilibre intermittent. Je suis leur main courante, leur canne blanche, leur chien de vie. Chaque soir, je vois leurs yeux partir vers ces étés indiens qui n'existent qu'au fond de leur verre, vers les plaines d'un Far West poussiéreux, noyés dans des brumes d'un Connemara éthylique. Ce ne sont pas des mélodies que je donne, mais des rêves à deux balles, à renouveler en cas d'urgence. Alors, je fais les cent doigts sur les touches usées de mon piano d'infortune, depuis que le bar du premier étage des 2 G est rouvert, depuis que je m'y suis renfermé.

Alors, je toise, je ne sais qui...

Souvent, je sens les conversations des uns épier celles des autres, et les solitaires devenir deux ou trois, oubliant qu'ils sont définitivement un ! Ça ne dure pas. J'en vois sourire, pleurer, s'amuser des glaçons qui tournoient dans des whiskies plus jeunes qu'eux, parler sans qu'un seul mot d'utile ne sorte, et puis se prendre la tête dans leurs mains, lorsque la souffrance reprend le pas sur leur euphorie éphémère.

Ces instants se répètent d'un tabouret à l'autre, d'une table à l'autre, d'une nuit à l'autre, peu importe la musique que je débite à crédit, valse javanaise, tango corse ou bossa d'Ipanema.

Parfois, ces hères se mettent à chanter et je suis leur seul public. Comme j'ai les mains prises, cela me donne une excuse pour ne pas les applaudir et continuer ma route avec mon bahut, plus loin, plus tard. Juste, je souris glacé et fermé.

Puis, ils partent comme ils sont venus, dans l'anonymat, sans rien me dire, ou si peu ! Quand ils sont connus, ils signent le livre d'or, que je n'ai jamais lu, car je me fiche de savoir qui ils sont. Peut-être un jour ? Ils descendent l'escalier moquetté, traversent la grande salle clinquante du bas, là où ça brille à la Parisienne, là où ça rit fort aussi ! Et là où les clients se grisent au Baron Carl Philippe de Rothschild à onze euros et soixante-dix centimes le verre pour noyer les spaghettis Bolognaise à vingt-deux euros. N'oubliez pas le pourboire, messieurs-dames, sinon, on vous en voudra !

Je ne suis qu'un pianiste de bar, et ce soir pourtant, j'aimerais qu'on me joue la sérénade, plutôt que de me produire en solo devant du vide. Mes doigts ont fini de me surprendre et je sais où ils vont aller. Dommage, je voudrais tant improviser ma vie et là, je ne peux pas ! Je suis obligé de sourire, le patron me l'a demandé, mais lui, me sourit-il ? Qui me voit, même ? Si je pouvais, je m'allongerais sur mon bastringue et le convaincrais d'être un tapis volant pour m'enfuir de ce bar aux mille et une chansons des autres.

Je voudrais qu'on m'écoute, c'est beaucoup demander ? Au lieu de ça, on ne fait que m'entendre. Je voudrais connaître la lumière en plein visage, les sourires et les pleurs de ceux qui comprendraient mes mots et mes notes. Oui, c'est vrai, je ne vous l'avais pas dit ? J'écris et je compose à mes heures gagnées, mais il n'y a que moi qui me joue. Vous ne m'entendrez pas dans ce bar, car je sais qu'on ne me mérite pas, ici.

Et puis ça m'arrange de le penser !

Je suis prétentieux ? Peut-être ! Après tout, pourquoi devrais-je être modeste ? Et puis dans ce piano-bar, ce seul endroit où je n'existe que pour moi-même, pourquoi ne pourrais-je pas en profiter, même si cela ne sert que moi ? Les autres sont leur propre roi, alors moi aussi !

Dehors, c'est la nuit. J'adore la nuit, mais je suis dedans, dans mon trip, dans mon piano, coincé dans les cordes, comme un boxeur sonné par son combat de trop. La fenêtre face à moi donne sur le cours du temps qui passe : Mirabeau ? Mirar, mirar ! Oui, je te vois, tu es beau ! Mon inquiétude s'y jette souvent quand je sens qu'on me dévisage des mains et des yeux. Qu'y vois-je ? De grands arbres et de petits oiseaux qui s'y agglutinent, chantant des airs que je n'ai jamais joués. J'y vois un présent que demain nommera passé. J'y vois surtout que je n'y suis pas, moi devant ce chemin blanc puis noir et blanc puis noir ainsi de suite.

Et qui m'attend ? À part la dernière note du piano ? Elle qui m'espère, me redoute et me supplie de venir la frapper pour que l'on entende son cri si fragile, si aigu, si féminin… Elle ne sait pas que je ne viendrai jamais.

Jamais.

*

* *

Alors, je regarde.

Et devant moi, juste là, assise, une femme au dos nue. Elle se noie dans son ombre et dans mes notes. C'est la vie qui bouge autour d'elle, mais elle, elle ne voit rien, sinon sa vie qui se perd dans des pensées infernales. Ses yeux fixent un point quelque part fondu dans ses orages, et sa bouche, d'une noirceur affolante, n'ose encore les mots qui la délivreront. Son nez tendre prolonge son front raviné par tous ses désirs. Elle se tient droite alors que les murs tombent, ou le contraire. On n'en sait rien, mais une chose est sûre, elle est présente, et peut-être plus que jamais elle n'a pu l'être.

Je ne vois que son dos, son dos nu, subtilement accordé comme un violoncelle, et je ne peux que deviner les cordes lisses, de l'autre côté d'un miroir à l'instant opaque. Sa chambre est son antre : quelle chance ai-je de m'y trouver ? Je ne dis mot, je ne parle phrase, je me silence.

J'espère.

Et elle, elle est là. Elle est là, et c'est tout !

Alors, je me demande, sans mots dire :

Granet, Cezanne, Cellony, Vanloo, Gibert, Villevieille, Truphème, Emperaire, Solari, Chabert… Avez-vous eu cette femme de dos à vous pour la peindre et me la dépeindre ?

Et j'insiste…

Ely, Gondran, Jouven, Noble, Pierart, Flayols ? Avez-vous eu cette femme de dos à vous pour la prendre en photo et me la représenter avant même de me la présenter ?

J'attends.

La lumière est prenante : la voilà définitivement calme et offerte à une peau pâlissante et tendre comme un Regalad. Le noir, le blanc et les mille teintes de gris environnent son corps passible. Ai-je déjà dit que j'avais de la chance ?

Elle attend, sa tête de trois quarts, vers moi peut-être ?

Elle est sereine. Rien ne l'oblige à changer son attitude. Elle est libre de vaguer ainsi vers des horizons qui lui sont propres. La Clepsydre a suspendu pour elle ses gouttes océanes et ne se verse plus vers l'avenir qu'on lui a dicté. Pourquoi se presser, pourquoi se désimpatienter ? La seconde qui passe est éternelle et éphémère, c'est bien connu !

Elle attend.

Elle ne cache même pas ses appas d'un simple fichu. Elle se gauche de ce qu'elle paraît : elle ne veut qu'être ! Il est grand temps pour elle d'éviter les insidieux et les hébétés, tous ceux aux pensées interlopes et qui clabaudent : ils ne doivent plus l'importuner, elle l'a décidé. Elle va renaître.

Elle n'attend plus.

Alors, elle prend sa respiration comme pour mieux grandir et gonfle ses probables seins généreux — laissez-moi rêver ! – pour insuffler sa nouvelle vie au monde qui ne l'attend pas. Elle fleure la réalité vivante comme une forcenée qui s'évade. Elle pantelle, de peur — sûrement — de gagner. Qui ne serait pas ainsi, à sa place ? Elle va tourner son corps d'un instant à l'autre, d'une minute à l'autre, d'une vie à l'autre, vers la droite sans une once d'hésitation, avec une véhémence guidée par l'unique ordre de sa vie.

Elle hausse la tête et se prépare à pirouetter vers moi de tout son corps, fière et encore timide.

Et j'aurai alors pour la première fois, face à mes yeux, ses deux yeux…

Et le reste ?

*
* *

Je vois que vous continuez à me faire parler de moi… Je ne sais pas pourquoi j'en veux au monde qui ne m'en veut pas. Tant rêveraient de déraper sur ce piano à queue. Tant l'ont pourtant dit depuis la nuit des temps et puis ont été oublié. Peut-être même que des doigts connus ont laissé quelques ongles dans les interstices des touches ?

Je m'en fiche… Ici, je trouve à raison ou à tort que ça sent le faux et la critique, la calomnie et l'outrage, que j'enrobe comme un petit dans ma musique de premier étage, parce que je suis frustré de n'être que moi-même. Si ça se trouve, il n'y a que moi qui déraille, ici…

Je me sens vieux à faire le jeune ici. J'ai presque l'âge d'être mon père et je passe ma vie à trouver ce que l'on ne cherche pas quand on a l'âge d'être son fils…

Qu'est-ce, ma quête ?

C'est comprendre pour ne plus avoir peur de ne plus savoir.

Qu'est-ce, ma phobie ?

Sans doute la crainte de ne plus craindre, et d'avancer sans réfléchir, et de chuter.

Et si je ne réfléchis plus, alors, c'est que je serai mort. Alors, tous les jours, même ceux que Dieu ne fait pas, je cogite, je médite, je spécule, je pense, j'examine, je considère, je songe, je gamberge, j'envisage, j'étudie, je déduis... Rarement je conclus.

Moi, je ne cherche que mon chemin, et fort heureusement, il y en a beaucoup trop pour que je prenne le bon, c'est-à-dire le mauvais.

Pourtant, le temps passe, bien que ce ne soit qu'une vue de l'esprit. Non ! Le temps ne passe pas ; le temps est stable, inerte, solide. C'est nous qui le fuyons en allant ici ou là, et vice versa. Enfin, c'est nous ? Non ! C'est moi ! Vous ? Je ne sais pas : je ne vous connais pas.

J'aurais bien voulu vous rencontrer, mais vous êtes pressé. Serais-je là demain soir ? Votre temps me presse, m'oppresse, m'agresse.

Ou bien c'est moi qui...

Alors, quel âge ai-je ? Quel âge me prêtez-vous ? Un âge canonique, moi qui n'ai pas fait la guerre ? Un âge de pierre, moi qui ne fus pas manuel ? Un âge ingrat, moi qui pensai trop à moi, pas assez à vous ? Un âge de raison, sans doute ! Un âge mental ? Sûrement ! Moi qui ai tant raisonné ! Alors cet âge est là, et las. Devant est un boulevard sans rempart pour tout dire, tout avouer, tout vomir, pour se libérer, pour se sauvegarder, se formater.

Je me fatigue.

*
* *

Avant, je jouais au Pasino : depuis qu'il a déménagé, le Casino de la ville, il y a un peu moins de fumée de cigarette, mais ça flambe toujours autant ! Il a changé de nom, et ça change tout ! Pasino, pourquoi ? Et pourquoi pas !

Vraiment, je ne comprends pas pourquoi on y vient s'y perdre.

Je me souviens comme si c'était maintenant ! Je vois les pièces qui sortent des poches se transformer en rêves improbables. Les bandits ne sont pas manchots pour tout le monde. Ils ne rendent qu'un instantané lyophilisé de bonheur sans sucre. Le cauchemar sera pour plus tard, dans la rue. Les machines à sous ressemblent à des machines à pop-corn et portent des noms américains aguicheurs. Chacun s'y agrippe, s'y accroche, s'y enlace, tentant une histoire d'amour préfabriquée et vouée à un échec évident, plus ou moins tôt. Au moins, pour une fois, on sait à quoi s'attendre. Des mots tendres fusent entre les joueurs et les machines-objets de leurs mille désirs, comme si elles pouvaient entendre et comprendre que c'est du sérieux, que ce n'est pas pour *de la faux* ! Si l'une d'entre elles fait défaut, alors l'histoire s'arrête brutalement pour renaître ailleurs, à quelques mètres de là, là où ça va marcher, forcément. On prend, on joue, on aime, on perd, on jette. C'est la vie, finalement, en à peine plus vite.

Dans cette salle de casino, les hommes et les femmes font l'amour à leurs machines. Qui va jouir en premier ? Quelle machine va éjaculer sa fortune dans une capote en plastique ?

Rêvez, êtres inhumains : vous me faites tant rire de vous voir ainsi !

Posée sur mon piano, j'évapore ma bière au fond de ma gorge sèche. Je continue à regarder ce monde plus qu'étrange, fidèle à ses règles. Je ne dois pas regarder les joueurs, ils pourraient m'accuser de leur jeter un mauvais œil s'ils perdent. Je souris : partageront-ils avec moi s'ils gagnent ? Tiens, je me rends compte qu'il n'y a pas de musique d'ambiance, à part celle des pièces qui tintent. Le rythme n'est pas soutenu et peu dansant. On ne doit pas gagner beaucoup, de là à penser que je perds mon temps ! Finalement, cette foule offre un silence absolu dans un vacarme global.

Une femme s'accoude au zinc. Elle est belle, son homme est laid. Sans doute riche. Il est très laid, sans doute très riche. En tout cas, assez pour la faire rire, mais pas assez drôle pour m'empêcher de soupirer de cette situation pathétique. Je me demande si je ne suis pas jaloux ! Ou envieux ? Elle est belle, de belle tenue, de belles formes et lui, il ne fait aucun effort pour être beau devant elle, sinon d'être beau par les billets qu'il sort de sa laide poche. Elle est avec lui, et moi, je suis avec ma bière et mon billet de cinquante qui ne quittera pas ma poche et ne rejoindra ni son corsage ni la fente des monnayeurs des machines à sous. Femme-machine ou machine-femme ? Je n'en saurai rien. Je n'ai d'yeux que pour elle, elle pour lui et lui pour les machines…

Les gens près d'elle, et même partout, ont des têtes presque louches, surtout ceux de la sécurité, un comble ! Ils me regardent, me dévisagent, s'étonnent, parce que je suis là et que j'écris sur un carnet ce que je vois. J'ai presque peur d'eux.

Les femmes sont en couple, les hommes sont seuls, voilà un équilibre instable et voilà pourquoi je ne marche pas droit. Je regarde à nouveau la fille que je finis par croire banale pour être avec un type banal. Je m'en convaincs, ça m'arrange ! Le barman revient me voir avec ma monnaie. Cela faisait une heure qu'il me la devait, j'ai cru que j'allais devoir l'abandonner ici, comme une coutume locale. Je lui dis merci, parce que je suis comme ça.

J'aimerais bien que quelqu'un s'arrête à mon piano et me parle. Je crois que, finalement, c'est moi qu'on va ficher dehors tellement je suis différent de ceux qui sont différents de moi. Ah, la fille vient de me regarder, puis son type aussi. Je baisse la tête. Elle est toujours belle et je suis toujours pauvre. Ça ne va pas le faire, comme on dit en ce moment.

Je décide de l'oublier et je continue à me parler sans paroles. Je me sens triste, finalement, car je n'ai vraiment pas de chance…

Non, pas envie de flamber ici : depuis, j'ai filé aux 2 G pour voir si j'aurais plus de chance. D'ailleurs, ici, il n'y a que le bois qui est verni.

Tiens ! Sur mon piano tombent des feuilles d'or des plafonniers. Je ne pensais pas devenir riche ce soir…

*
* *

Avant de venir ce soir ici me perdre entre noires et blanches, je me suis assis sur un banc et j'ai regardé le roi René, fier de ne plus être ici.

Et puis elle était là…

Elle me regarde, m'interpelle, me supplie…

Elle se sent vide, me dit-elle

Pourtant, elle est pleine d'entrain ; elle est pleine de vie ; elle est pleine de ressources.

Mais elle se sent vide…

Vide parce qu'elle n'est pas remplie par l'amour qu'elle attend, espère, prie, réclame, mérite, par l'amour qu'elle s'est inventé, par l'amour qui lui est destiné…

Passé, présent ? Il s'attarde toujours, cet amour, ailleurs sans doute ?

Que fait-il pour elle ?

Que fait-elle pour lui ?

Oui, que fait-elle ?

Elle regarde et se fait regarder, elle charme et se fait charmer : elle désire, mais se fait désirer. Trop, un tout petit peu trop, et finalement, beaucoup trop ! Elle est désirable au point d'être inaccessible ! Elle est inaccessible au point d'être désirable. D'aucuns disent qu'elle allume, d'autres qu'elle éclaire… La certitude dit qu'elle est brillante, et elle en est certaine !

On a même dit qu'elle était chaude ! Est-ce un compliment ou une insulte ? Ni l'un ni l'autre, ce n'est que son état de fait.

Et elle, que veut-elle ? Surtout pas d'une histoire d'une seconde, non surtout pas ! Mais elle n'a pas le temps pour une histoire de plus d'une seconde. Son temps n'a plus de temps à se consacrer et à se trouver. Ni longue ni courte, son histoire à venir, elle ne la veut…

Mais alors, que veut-elle ?

Ne plus se sentir vide.

Qui peut combler ce vide ; qui peut la combler ? Veut-elle même l'être ?

Pas sûr ! Car être dans le vide, c'est espérer ne plus y être !

Jamais !

C'est espérer tout court ! Toujours ! Son espoir la fait vivre, la fait rêver, la fait être une femme vivante, la fait être elle !

Mais elle se sent vide, cette fontaine abandonnée au cœur d'Aix-en-Provence, au cœur des eaux de Sextius, au cœur du cours, au cours du cœur, à deux pas des 2 G qui n'arrose que ses clients…

Elle se sent vide, mais sans eau, elle ne peut même pas pleurer…

*
* *

— Savez-vous, Messieurs, qu'il existe un oiseau dans les terres du sud-est des États-Unis, qui, lorsqu'il migre, vient comme enneiger les corniches et les crêtes des îles de Terre-Neuve et du golfe du Saint-Laurent ?

L'homme continue en haussant sa voix brisée, dans un délire lié à l'eau de sa vie, ou la peur de sa mort, tout près du comptoir du premier étage, proche de moi qui joue sans savoir ce qu'il joue. Quand je vous dis qu'il y a des gens qui discourent seuls…

— Est-ce que vous le savez ? Son plumage est d'un blanc innocent tel que l'homme ne connaîtra jamais. Il est dans les airs d'une grâce ultime. Son envergure dépasse nos bras et il fend l'air de son bec qui se fond avec sa tête et une bande étroite de couleur grise encercle ses yeux comme un masque. Suivant la saison, son cou passe de blanc à jaune safran et au fil des ans, son plumage pâlit.

Puis il se lève et s'accoude au comptoir, le type se fait resservir un calva et débite son histoire pour ceux qui ne l'écoutent toujours pas. Le barman lui réclame de la monnaie avant que le type ne se souvienne plus qu'il a bu.

— Il est maladroit quand il s'envole, lent et peu sûr de lui. Il lève la tête, bec vers le ciel, demi-ouvre ses ailes et étend sa queue sur le sol. Il trottine vers le bord de la falaise et prend bientôt son envol. Une fois dans les airs, c'est autre chose, il évolue avec subtilité. Il plane, se jouant des courants de l'air. Il frôle les crêtes et pique vers les suivantes. À peine bat-il des ailes ! Cet oiseau est riche de liberté, il faut le regarder pour comprendre.

Le comptoir est vide et sert de scène au type qui poursuit face à son public absent :

— L'oiseau a besoin d'isolement et quitte son nid, grossièrement construit, s'il est dérangé. Quand il part nourrir sa famille, c'est un spectacle que de le voir voler au-dessus des vagues, plongeant d'une allure vertigineuse vers une proie océane. Parfois, j'aimerais être cet oiseau ! Pourtant, est-il heureux ? Non, Messieurs, car il est devenu la proie des chasseurs d'oiseaux de mer, des ravitailleurs de navire et des pêcheurs qui en font un appât. Et puis, les engrais et enfin le pétrole l'achèvent lentement. Heureusement, le fier Canada nous préserve de sa disparition, et sans doute, si j'ai le choix, à la seconde précise de ma mort, j'irai les rejoindre là-bas, s'ils veulent de moi.

La voix de l'homme déraille soudain.

— Vous savez, j'ai connu un oiseau comme celui-là. Certes, il planait au-dessus de l'Irlande et s'est sans doute perdu sur les côtes françaises, peut-être aussi par curiosité. J'ai voulu l'apprivoiser, pas pour le mettre en cage, je vous rassure, Messieurs, mais pour lui parler, pour le comprendre, pour lui dire combien je le trouvais beau. J'ai voulu le retenir alors qu'il voulait partir, alors qu'il devait partir. J'ai eu le tort de croire qu'il ne voulait pas de moi : en fait, il devait simplement migrer, avant que le printemps ne s'installe ici et là.

Le barman lui ressert ce qu'il espère être un dernier verre.

— J'ai pris peur de ne plus le revoir, alors je l'ai attrapé. Il est venu à moi, a eu confiance, il n'avait rien à craindre, évidemment, mais, quand l'été est arrivé, l'oiseau s'est envolé à jamais et n'est plus revenu. C'était il y a bien longtemps. Depuis j'ai compris que sa liberté lui était chère et qu'il serait venu souvent me voir, parce que j'aurais été son seul ami. Malheureusement, je fus trop possessif ou trop maladroit. Je l'ai aimé, croyez-moi, mais je ne l'ai pas aimé comme il voulait que je l'aime, parce que je ne savais pas que pour aimer, il faut respecter l'autre, et lui faire confiance. Je vous le dis.

Le barman passe sa lavette sur le zinc, et le type son mouchoir sur ses yeux. Je baisse la tête et lève les yeux, pour être discret, car ce qu'il dit me semble beau.

— Si je suis triste, ce soir, c'est que cet oiseau me manque. Je ne l'ai vu pourtant que deux jours, et il me manque. Alors, Messieurs, quand votre tour viendra de rencontrer un tel oiseau, aimez-le, fort, mais surtout, laissez-le voler, pour qu'il vienne de lui-même à vous.

L'homme ramasse brutalement son paletot puis quitte l'étage sans plus parler ni se retourner, du pas trop sûr de celui qui ne veut pas montrer sa peine. Il enfile le cours Mirabeau et disparaît.

— Qui c'était, ce type ? s'inquiète l'un.
— Lui ? répond un vieil Aixois du fond de la salle, on l'appelle depuis toujours le Fou de Bassan, mais je ne sais pas pourquoi !

*
* *

Je sens que cette fichue nuit n'est pas finie : pardonnez-moi, mais faut que j'y retourne, mon piano est garé en double file et je ne peux pas continuer à vous parler, même — et surtout — si vous n'existez pas. Je dois le conduire jusqu'au bout de la nuit. Je ne ferai pas d'excès : même si je joue plus vite, je n'arriverai pas plus tôt. Et puis, finalement, je n'aime pas arriver : je préfère voyager…

Je ne suis qu'un pianiste de bar ; ma nuit est blanche ; mes pensées sont noires, et ce soir, j'ai le blues.

Le rêve de Guillaume

— Guillaume, regarde donc devant toi : tu vas encore tomber !

Guillaume est tête en l'air et pieds à terre dans le parc honorant M. Joseph Jourdan, l'ancien maire. C'est sûr que les étoiles lui sont plus intéressantes à regarder que le trottoir, fade et lourd, trop facile à atteindre, surtout à son âge, maladroit et hésitant qu'il est ! C'est qu'il n'est pas vieux, Guillaume, et il fait à peine les débuts en vedette anglaise d'une vie qui lui semble encore infinie : le temps n'a pas d'emprise sur lui, pas de sens, pas de direction. Mais la ville d'Aix-en-Provence qui l'abrite n'est pas faite pour sa poésie encore trop enfantine. Quelle ville, d'ailleurs, serait faite pour lui ? Alors, dès que le soir lui tombe sur les yeux, il s'enfuit dans ce jardin — il habite si près — où il peut s'allonger, dos au gazon, les yeux au paradis, les bras en croix, comme pour embrasser. Et des étoiles, il en voit. Il les compte autant qu'il sait compter. Comme des moutons, surtout quand il n'y a pas de nuages ! Alors, forcément, il finit par s'endormir aux belles étoiles. Ce n'est que la rosée qui finit par le faire frissonner quand le petit matin frappe à son sommeil pour lui dire qu'il est temps. À moins que ce ne soit sa mère… Alors, il s'étire et découvre, avec évidence, que les — ses — étoiles ont disparu.

– Guillaume, que fais-tu encore dehors ? Tu vas attraper froid ! Viens boire ton chocolat ! Tu veux un Calisson avec ?

Froid ? Non ! Comment pourrait-il avoir froid tant il est vivant ! Et il attend tout le jour, simple transition, que la nuit le remplace. Ah ! S'il pouvait voyager à la même vitesse que tourne la Terre, pour être constamment sous les étoiles : les nuits seraient alors unique nuit. Il imagine ça depuis qu'il est petit, depuis peu, depuis toujours.

– Guillaume, à quoi penses-tu ? Tu vas encore rater le car pour aller au Rocher du Dragon !

À quoi pense-t-il ? Mais à Elles ! Et Maman qui lui parle d'un autocar qui roule à trente, voire quarante, et qui fait de la fumée qui ne ressemble pas à des nuages alors que ses étoiles à lui sont plus que filantes ! Décidément, il se sent bien seul. Et puis, il ira à pied, ce n'est pas si loin !

— Guillaume ! Tu n'as donc pas de copines ?

Si ! Là-haut ! Et plein !

Tout ce qu'il pourra faire plus tard, c'est aller vivre là où la nuit est plus longue et plus noire, sans être pour autant infinie. Il veut suivre les étoiles, les accompagner fidèlement, les séduire pour qu'un jour — enfin une nuit ! — l'une d'entre elles l'attire et l'épouse. Mais à chaque fois, il se fait dépasser par le jour qui point, final, et il doit attendre la nuit suivante pour les retrouver. Qu'ont-elles fait entre temps ? À qui ont-elles donné de leurs charmes ? En manque-t-il une ou deux ? Sont-elles encore libres ? Il connaît à peine leurs vrais noms, mais il a préféré les surnommer la Fuyante, Spotlight, Chrystalle ou encore Princesse du Ciel, Stella Blue, Arc-en-Nuit... Une fois — c'est ce qu'il dit —, l'une lui a fait un clin d'œil. Rien que pour lui ! D'ailleurs, personne ne l'a vue, preuve que c'était donc vrai.

— Guillaume, tu vas rater ton bac à force de bayer, tu as vu tes notes ? Tu vas te faire virer de Vauvenargues, si ça continue !

Oui, il baye, mais jamais ne baille devant sa féerie nocturne ! Paraît qu'au parc Saint-Mitre, on peut les voir sans les déranger avec des jumelles géantes… Par contre, en « ville », sur le cours, à la terrasse des 2 G, il y a trop d'arbres qui obstruent ses rêves.

Guillaume a de moins en moins les pieds sur Terre et toujours l'esprit ailleurs, quelque part, mais pas ici. Mais, à moins qu'un génie n'intervienne, il restera un rampant à vie, un ver de terre, un ver de vase, un petit bout de rien du tout, même pas répertorié au catalogue de l'univers.

Rien.

Alors, Guillaume grandit encore. Pas de cent mille kilomètres, non ! De quelques centimètres, en hauteur, en largeur et en profondeur d'esprit. Si les années passent, la fidélité qu'il vouait jadis à ses compagnes ne s'amenuise pas ni ne s'estompe.

— Guillaume, tu as encore abîmé la voiture ! Tu as la tête où ?

Dans les étoiles, on vous a dit ! La tête sur les épaules, les épaules sur son corps et son corps, ailleurs. Personne ne sait où il est, depuis le temps ! Visiblement, c'est que l'on ne l'a pas vraiment regardé ou alors, il ne s'est pas laissé regarder.

Ou les deux.

— Guillaume ! On ne peut pas vous garder : vous êtes trop souvent absent. Dans une entreprise comme la nôtre, il faut être vigilant.

Absent ? Pas physiquement en tout cas ! Et vigilant ? Il l'est, mais là où il faut l'être. Alors, Guillaume fait le point sur sa vie avec une boussole où le nord, si froid, finit par être la seule direction qui lui reste à prendre. Lui, il ne voulait ni le nord ni le sud ni l'est et pas plus l'ouest.

Il voulait aller vers le haut, au-dessus, et il finira par aller en dessous, avec une tonne de terre sur ses yeux bleus. Ce n'est pas juste. Non, vraiment ! C'est même absurde ! Aujourd'hui, il a la sagesse que sa jeunesse lui refusait. Il a le temps, mais a-t-il le pouvoir ? Il sait qu'il veut toujours, mais il ne peut toujours pas, sans qu'il n'ait une explication cohérente.

Il n'a pourtant plus l'âge des questions sans réponse. Pourquoi faut-il fermer les yeux pour mieux voir ? Pourquoi faut-il pleurer quand on est heureux ? À quoi ça sert d'apprendre ? À quoi ça sert les questions ? À quoi ça sert d'être vieux ? À quoi ça sert la vie ? À quoi sert-il ?

Pas grave, il continuera à pied, puisque personne ne veut de lui pour qu'il s'arrête.

— Guillaume, rentrez, la nuit va vous surprendre, ce n'est pas bon pour vous, et vous devez encore prendre vos médicaments ! Vous n'êtes décidément pas raisonnable !

Pas bon pour lui ? Guillaume, sur sa chaise de la résidence « le Sans-Souci » qui ne bascule plus, regarde les étoiles qui le surprennent, effectivement comme au premier jour, comme au premier matin, comme à la première nuit. Ses yeux se perdent dans son regard et ses lunettes s'embuent, mais il se retrouve rapidement sur les routes qu'il avait tracées, gamin.

– Guillaume, regardez donc devant vous : vous allez encore tomber ! J'ai vraiment l'impression que vous êtes toujours dans la Lune, non ? Je me trompe ?

Son jardin a perdu le vert de son gazon contre une margelle de béton gris-blanc, aussi laide que la mort qui se résume pour tant d'Aixois au cimetière Saint-Pierre. Il ne fait pas bon s'y allonger. D'ailleurs, ce n'est plus le même jardin, car il est si petit. Guillaume ne l'aime pas, ne l'aime plus, tant il l'a pourtant aimé. Il préfère vivre et revivre les paysages que d'autres n'ont jamais vus, et espérer ses oasis de silence qui l'attendent, impatiemment.

C'est là-haut qu'il veut mourir, car c'est là-haut qu'il veut vivre. Personne ne le croira quand il dira qu'il y vit enfin. Personne ? Si, lui !

Il saura que c'est vrai, et c'est tout ce qu'il veut. C'est là l'important. Il n'est pas utile de vivre si ce n'est que pour se vanter auprès des autres de ce qu'on a vécu.

— Guillaume ! Guillaume ?

Sa vie s'éteint, son ciel s'allume. Il y a des rêves d'enfants qui ne meurent jamais.

Sur le cours des Arts

Sur le cours jamais désert des Arts, tout est art même quand il est tôt. Courant d'air pourtant entre courant d'âmes et courant d'arts, chacun se parle, se cherche, se fuit, s'enfuit, mais ne s'en fiche. L'on se montre ; l'on se voit ; l'on s'affiche… L'on se parle, l'on se donne ; l'on s'oublie. Et c'est ainsi, depuis toujours, et jusqu'à plus tard, beaucoup plus tard, sur le cours jamais désert des Arts.

Saint-Sauveur si loin carillonne pour accueillir la nuit qui se lève faire l'amour au jour qui se couche un peu trop rapidement comme une putain, et personne, sur le cours des Arts, ne s'en étonne.

Décidément, ce lieu se cache à ceux qui sont sourds de sentiments et aveugles de désirs. Mais vous, vous êtes celle qui a su s'arrêter avant que le cours de ma vie ne déborde. Votre visage respire ce doux hale humide alors que les chiens fréquentent les loups, que l'on ne sait plus la couleur des cheveux d'Euterpe et que la rosée se dépose pour la seconde fois sur la main courante de ce cours du soir. Des violons aux cordes lisses exécutent généreusement le temps qui finit par abdiquer.

Il était temps.

Vous vous asseyez à la Royale, au Splendid, aux 2 G, au Mazarin, au Mondial, peut-être même au Quick, que sais-je ? Mais moi, je vous regarde ! Quelle insolence osé-je ! Mon désir jadis mécanique devient trouble d'émerveillement. Vous voici la Mignonne de mes fantasmes, posée et pausée sur ce fauteuil de café, d'en face de moi ! Aussi, écris-je cette minute comme un original. Je jette les bucoliques pour ne garder que vous. Me pardonnerez-vous mon impudence ? Je me transforme en l'avatar de votre choix pour être votre Celui comme je vous veux ma Fabuleuse. Ce soir ne saurait être fluide et caduc.

Puisque vous êtes, alors, laissez-moi être…

Comme l'animal qui vient gagner parce que son appétit est fort, je suis au repos de vos mouvements. Aix est floue autour de vous et tout se concentre sur ma gourmandise. Au loin, le soleil définitivement absent me fait un clin d'œil. Est-ce un signe que nous seuls comprenons ?

Il y a mille mondes ce soir, et je ne vois que vous, ici et là, près de moi, ici et là, mais pas ailleurs, parmi la foule qui vous rend seule, seule à moi, seule dans mes délires enfantins tout contre votre allure badine.

Il y a mille mondes ce soir : là, une cloche ; là, un qui se pleure : là, un qui se rit d'une bande qui s'époumone ; encore là, un peintre qui modiglianise une femme presque homme : et ici, horreur, un accordéoniste médiocre et faux qui stéréotype ma ville lieu aux touristes : c'est si facile et si vil.

Que je hais ce type !

Puis, soudain, il ne se passe rien.

Où sont passés les voitures et les bruits qu'elles génèrent ? Où sont les pigeons voyageant toujours trop près ? Où sont les badauds-mouches d'un cours du soir ? Où sont nos envies de crier la Vérité qui se fait attendre ? Où sommes-nous ?

Sur le cours des Arts…

Et sur le cours du soir, l'on attend que la vie passe, comme sur ce cours Mirabeau où s'écoule la scène. Pourquoi bouger ? Pourquoi s'exciter le corps pour une fuite inexorable et invisible vers un futur qui est peut-être déjà derrière ? Pourquoi ne pas attendre bêtement, même pour une heure seulement ? Pourquoi ne pas s'arrêter de souffler pour juste respirer ?

Un téléphone sonne. Cette nouvelle musique semble naître d'un funeste nuage gris. Pourquoi répondre ? Vos yeux se vident de leur regard sur moi pour se poser dans un vide impraticable. Vous n'êtes plus là. Vous voguez sur des ondes vagues de certitudes et de plaisirs économes. Je vous ferais bien un appel à mon tour, mais votre numéro n'est que de charme.

Il y a mille mondes ce soir moins un. Un autre a su vous capter et déjà, vous vous évaporez. Vous me voyez tout à coup, mais ne me regardez pas. Vous diminuez alors que vos pas fusent alentour.

Vous étiez un songe, vous voilà une ombre…

Vous étiez mon prochain souvenir, vous êtes déjà mon regret…

Vous étiez mon jour, je n'ai su vous convaincre — l'ai-je finalement désiré ? – et mes pensées naïves et candides ont tardé à vous nourrir. Je me suis tant outré de mes rêves que je ne sais plus marcher et que je sens poindre là une faiblesse que je veux pourtant force. Réussirai-je ?

Vous serez ma nuit et mon héroïne de fiction. Vous m'appartenez à jamais dans ce monde où je règle les notes les plus fragiles au quart de ton près. Je suis votre définitif repère pour une éternelle randonnée.

Je régente, mais c'est normal : je suis le maître de mes fantasmes.

Et peu m'importe alors de vous voir revenir ou pas sur ce cours du soir, je vous fais déjà tellement vivre et respirer en moi depuis si longtemps ! Si vous saviez !

Sainte Rita

Je ne suis pas allé chez Rita, au Blason. Et je le regrette !

Je n'y suis pas allé parce qu'*on* m'a dit : « tu vas passer un bon moment avec mon bouquin ! Ça parle d'Aix… Tu vas apprendre plein de choses ! Ne perds pas ton temps à prendre des conseils d'autrui : crois-moi ! Quel plaisir tu vas avoir, le même que j'ai eu à l'écrire ! ».

Bref, comme *on* a pu m'en dire, sur mon tout proche avenir !

Et en plus, *on* me l'a vendu ! Dieu sait que je suis poli. J'ai payé cher, très cher.

Quand j'ai lu ce bouquin de cet auteur du coin, j'ai cru que ma vie avait été écourtée, mutilée, décapitée, volée de trois heures, comme passant directement de quatorze à dix-sept heures d'un même après-midi que je voulais riche et lent, instructif, loin, bien loin de ce moment-là.

Il parlait d'Aix, qu'il connaissait comme sa poche. Et vas-y que ceci, et vas-y que cela… Comme sa poche trouée, oui !

Et que s'est-il passé, finalement ? Rien, figurez-vous ! Enfin si : il s'est passé trois heures, il s'est gâché trois heures, il s'est perdu trois heures : j'ai perdu trois heures ! Trois heures entières ! Et ce vide est pire que tout puisqu'il n'est rien, même pas une chose !

Rien !

Enfin si, je me suis mis en colère intérieurement…

Que voulais-je faire initialement de ces trois heures ? Me taper amoureusement une glace à l'orange place Marie-Rose Richelme : même lui ne sait pas que Richelme était une femme et il met un seul « l » à Cellony de la rue éponyme ! Vous le croyez, ça ?

J'aurais surtout pu tout faire, et surtout ne rien faire, rien du tout, et j'aurais encore gagné du temps !

Mon temps ! Trois heures à ne pas voir l'ombre d'une couleur, d'un parfum, d'une sensation ; trois heures pendant lesquelles j'ai eu le sentiment d'être un tout petit légume, me disant que non, il allait bien se passer quelque chose avant que je ne bouille !

En vain : rien !

Si ! Il s'est passé quelque chose de grave, je vous l'ai dit : j'ai perdu trois heures !

Trois heures d'une vie, trois heures de ma vie : je ne suis pas riche de cela, je n'en ai pas une éternité, de ce capital, et il n'a pas le droit de me les voler, tout écrivain qu'il est, ou plutôt qu'il n'est pas !

Je me suis dit aussi que je bouderai *on* pendant un temps certain, traître qu'il est, le temps que ce *on* comprenne que la confiance ne doit pas être galvaudée : quand *on* me donne un conseil amical, je l'écoute, et je l'exécute ; ce fut le contraire en réalité ! *On* m'a trahi, et c'est grave ! Ma vengeance se doit d'être à la hauteur de ce précipice temporel dans lequel je suis tombé, mon cerveau en premier ! Une hauteur digne de cet auteur !

Je ne peux pas récupérer ces trois heures, le temps qui est passé est passé, définitivement, c'est ainsi ! Je ne vais pas me les faire rembourser, puisque je n'ai rien dépensé sinon le prix du livre, et puis, combien coûte une heure de ma vie ? Alors, il me faut inventer une vengeance équitable, une vengeance qui lui ferait connaître ce sentiment étrange d'avoir perdu son temps, sans espoir comme moi, de le retrouver un jour. Pour la vie !

Aussi, vais-je le capturer, et l'obliger à se concentrer sur de l'inutile et lui faire comprendre que ce n'est pas parce qu'on est Aixois qu'on a tous les droits d'auteur sur ladite ville d'Aix-en-Provence.

Non, je ne vais rien faire, sinon l'éviter, car que vais-je lui répondre quand il me demandera ; « Alors ? Tu as aimé ? ».

Non, je vais faire le lâche et botterai en touche ; lui dire que je ne l'ai pas lu ; ne pas lui dire que j'ai perdu trois heures parce que j'ai perdu TROIS HEURES !

La prochaine fois, j'irai chez sainte Rita en rasant les murs acheter un « vrai » livre, car j'espère que celui-là, celui de *on,* n'y est pas en vente !

Enfin, quand je dis que j'ai perdu trois heures, non ! Je les ai quand même passées aux 2 G.

Le huitième passager

Dès le départ du train de la gare du centre d'Aix-en-Provence, *je réussis à me calmer. Je ne tremblais plus*[1]. D'ailleurs, rien ne pouvait plus me faire trembler, que ce soit maintenant, ou plus tard. Mieux, le mot trembler n'avait de place dans mon esprit et son sens était dénué de lui-même : trembler, avoir peur, transpirer, craindre… Non, plus rien ne saurait m'atteindre, dans ce train qui abandonnait lâchement son quai, sa gare, son attache. Ainsi, les arbres commencèrent à défiler, à moins que ce ne fût le train lui-même. Parfois, on ne sait qui quitte qui. En tout cas, moi, j'étais bien !

Et je partais amoureusement sans le vouloir vraiment pour Salon-de-Provence, ce 28 mai 1903.

---

[1] Il est possible de retrouver les premières et dernière phrases de cette histoire dans des écrits d'autres auteurs, car elles étaient la contrainte d'un concours de nouvelles. « Le huitième passager » termina dans les cinq premières sur plus de deux cents en lice…

Le Pianiste des 2 G

Je suis né au-dessus des 2 G. Quel bon vent m'a entraîné dans cette histoire ? Le Mistral, certainement !

Les rails clapotaient régulièrement : elles me jouaient une berceuse bleue, un chant d'enfant roux, un jeu d'accord de piano-jouet, une partition de doubles-croches régulières : ta-tac, ta-tac, ta-tac, ad vitam aeternam. Seuls les aiguillages désynchronisaient l'œuvre en la rendant plus riche, plus unique. Si j'avais pu, j'aurais chanté ! Voilà pourquoi j'étais calme, au contraire de lui, l'autre, celui presque en face de moi, qui ne pouvait, ne savait, ne voulait — ? — se calmer. Lui ? Je ne savais pas d'où il venait, où il allait, qui il était et pire, qui il n'était pas. Souvent, on en sait plus sur les gens grâce à ce qu'on ne sait pas d'eux. Cependant, hermétique, il m'accompagnait par son silence immobile, mais ronflant, par son regard fermé, mais que je pressentais fourbe : il était là, rien de plus, et si peu de plus. Je ne l'aimais pas. Et lui, m'aimait-il ?

Peut-être, alors qu'il ferma la fenêtre par laquelle il est dangereux de se pencher, que l'on soit Français, Allemand ou Italien. Ce fut une bonne chose, à bien y réfléchir, et cela m'a rendu encore plus calme.

Puis, la porte coulissa ; un courant de chaleur humaine pénétra ce vieux compartiment boisé ; ensuite, un claquement fragile de porte obsolète termina le processus et tout redevint calme, presque blanc, après qu'un nouveau passager indocile se fut assis, au hasard des sièges restants. Et puis, la scène se reproduisit encore, comme si tout le monde prenait mon train en marche au lieu de l'avoir pris en quai.

Alors il y eut sept passagers, et moi. Personne ne se posait la question sur ma présence dans ce wagon, alors que moi oui ! Je me sentais finalement bien face à eux, mais eux, ils étaient comme face au vide ! De toute façon, personne ne se parlait, tout le monde s'évitait : tout le monde était ailleurs, dans ses rêves, dans ses pensées, dans ses angoisses, celles qui font trembler.

Mais moi, je ne tremblais pas, je ne tremblais plus.

S'il y avait eu un passager de plus, tout aurait changé dans ma vie. Le néant, le noir, l'ombre se seraient installés et m'auraient privé de la suite de ce voyage, enfin, sous cette forme. Non, j'étais dans le plus fort de ma certitude et savais que ma place était réservée, même si je n'avais pas de billet. Je n'avais pas d'argent non plus, et sans doute n'aurais-je pas eu le droit à la parole non plus si l'on m'avait demandé de m'expliquer ! Pour le moment, personne ne s'intéressait à moi, mais moi, bien au contraire, je pouvais observer ces humains de passages sans me faire remarquer. Chacun était monté à une gare différente, sauf à Pélissanne et Lurian où point ne put se poindre :

– Pey-Blanc : il y avait le premier, celui d'avant moi. Sa respiration était faible comme celle venue d'un mort. Parfois, des toussotements parfumés au camphre — si on peut appeler cela un parfum ? — me confirmaient sa renaissance, jusqu'au prochain. Entre les deux, un grand suspens plus amusant qu'inquiétant. Vous ai-je dit que je ne l'aimais pas ? À mieux y regarder,

je ne sus pas s'il fut un homme ou une femme tant ses rides et ses cheveux étaient asexués.
- La Calade-Éguille : il y avait le deuxième, qui fut un court instant le second avant qu'un troisième n'arrive. Sûrement que c'était une femme, puisque ma vue était à hauteur de ses cuisses, du haut de ses cuisses, du bas de son ventre, bref, entre les deux. Je voyais tout sans avoir cherché à le voir puisque ce passager féminin avait décidé de s'installer face à moi, ce qui me fit être face à lui, donc à elle. Aurais-je été coupable de mes vues interlopes ? Devais-je me retourner ? Non ! J'en profitais, car la saison s'y prêtait. Comment pouvait-elle se prénommer ? Sylvie, sans doute… J'aimais ce prénom, il me rappelait ma précédente vie.
- Lignane-Rognes : il y avait le troisième, qui voulait parler, discuter, s'intégrer. Le temps, le train, le voyage étaient ses sujets, mais ces tentatives de dialogues furent vaines. Il chassait tout courant de parole comme des papillons, pour entamer le dialogue comme on le ferait pour un camembert : une fois

qu'il est commencé, on ne peut s'arrêter. Mais non, rien ne donna envie aux deux autres de partager son repas verbal. Alors, il se tut, tout en espérant sûrement le quatrième serait disposé à lui répondre : vite, qu'il vienne, pensait-il !
- Saint-Cannat : il y avait le quatrième, qui oublia de dire le bonjour réglementaire, ce qui contraria le troisième. Celui-ci était plongé dans les eaux troubles et froides pour un profane d'un journal économique au titre austère et peu ragoûtant, n'offrant ainsi aucune fenêtre pour le troisième passager, résigné à ne parler qu'à lui-même, espérant à présent le possible cinquième. Même quand ce boursicoteur présumé avala son sandwich jambon moutarde, on ne vit pas son visage, juste, on entendit ses grognements, et une émission bruyante, par la bouche, de gaz provenant de l'estomac, appelée plus simplement rot.
- Lambesc : il y avait le cinquième. Plus difficile à regarder, car à côté de moi. Je le sentis très nerveux celui-là, car il remuait sur son siège, me faisant sursauter aussi : on aurait

même pu croire que je tremblais, mais je ne tremblais pas, puisque j'étais calme ! Une fois, j'ai senti sa main involontairement me toucher, n'osant dire me caresser. Si cela avait été le cas, je me serais… je me serais… J'aurais fait quelque chose en tout cas pour que cela cesse immédiatement, et même encore plus rapidement que cela.

— Bonrecueil : il y avait le sixième, accompagné par le septième. Une mère et sa fille, ou une tante et sa nièce, ou autre chose, qu'en sais-je ? La gamine fermait la bouche d'une façon si forcée que je la crus punie par sa mère, ou sa tante, ou autre chose. Sans doute respectait-elle des consignes strictes dont la désobéissance l'aurait peut-être conduite vers une humiliation physique. En tout cas, la tutrice semblait peu encline à la gentillesse, à l'amour, à la tendresse. Finalement, elle devait être une nurse, une gouvernante, une geôlière… C'est vrai qu'elle était laide !

Et tout ce monde oubliait tout son monde. Parfois, on regardait vers moi en se disant :

Tiens, il reste une place ! Qui va donc s'y installer ?

Et moi qui me répondais :

— Ben non, y a moi !

Ah, comme les gens sont bêtes ! Comme je ne savais pas vraiment la forme de leurs pensées, je ne pus répondre et je décidai de continuer ma route sur les rails dans l'ignorance réciproque. Tout allait donc bien.

Puis, tout à coup, l'horreur :

— Billets, s'il vous plaît ?

En l'occurrence, il ne me plut pas ! Alors, le premier, la deuxième, le troisième, le quatrième, le cinquième et la sixième s'affolèrent, se remuèrent, se fouillèrent, ronchonnèrent, se demandèrent « où il est »… et le trouvèrent. La petite fille, la septième, s'en ficha et ne broncha pas. Elle attendait simplement l'arrivée du train à la gare dont le nom était marqué sur les fameux billets. Quant à moi, j'attendais la sentence, le couperet, le sang qui giclerait sur tous les passagers : j'étais mal, mais je ne tremblais pas.

— Merci, bon voyage.

Et la porte ne claqua pas comme une lame de guillotine, mais comme une vieille porte mal entretenue. Le troisième passager tenta un « heureusement que je l'ai trouvé », mais l'écho ne se fit pas entendre. Quant à moi, le contrôleur, celui qui valida et confirma les passagers en honnêtes gens, ne me demanda rien.

Mais rien du tout !

Sans doute que cette foule a noyé ma présence pour me protéger, sans doute qu'elle s'est rendu compte que je n'étais pas en règle, quoique vu le manque de concertation, de complicité, d'équipe dans ce compartiment, cela m'étonnerait fortement ! Ou alors sans doute que le contrôleur était pressé ? Sans doute…

Ce qui m'inquiéta plus tard, c'est quand la gamine demanda l'autorisation à sa susdite matrone de circonstance de changer de place ! Mais où pourrait-elle donc aller ? Dans un autre compartiment, dans le couloir ?

– Si tu veux, va sur l'autre siège !

Et la petite fille de se lever, de faire à peine un pas et de s'asseoir ici où mon serein séant seyait sagement sans souci.

Sur moi !

Comme si j'étais une place libre !

Incroyable ! Quel irrespect ! Quelle insolence ! Quel…

Et la nuit vint sur moi. Je me plaquai entre les fonds du siège et de la fillette. Je ne respirai plus, je ne bougeai plus, je ne mourrai pourtant pas. C'est vrai que j'avais eu de la chance jusque-là, et j'aurais souhaité qu'elle continuât. Une minute ou une heure, cela a duré, tant que la gamine n'avait ni faim ni soif. Quand ce fut le cas, elle rejoignit sa place originelle et, ô bonheur, s'y endormit juste après avoir grignoté les coins de son BN au chocolat et bu son sirop Lieutard noyé dans trop d'eau. Je revis enfin le jour, sans dégât puisqu'encore jeune. J'avoue avoir eu peur, mais promis que je n'ai pas tremblé, déjà que je ne tremblais plus dès le départ du train.

Mais qui étais-je pour tous ces gens pour être ignoré de la sorte ? Pourquoi me voyait-on sans me regarder, et vice-versa ? Avais-je l'air d'un fantôme ? Non ! J'étais physiquement là, voyons… Vous me croyez, hein ?

Puis, il ne s'est plus rien passé, sinon le temps.

Ah si, la gamine s'est réveillée et a chanté :

- Colchiques dans les prés fleurissent, fleurissent, colchiques dans les prés : c'est la fin de l'été.
- Mais tais-toi donc, tu vas me porter la poisse ! lui criai-je sans voix.

— La feuille d'automne, emportée par le vent, en ronde monotone tombe en tourbillonnant. [1]

Incroyable ! Quel irrespect ! Quelle insolence !

Quel…

Et puis :

Ils étaient sept, mais nous étions huit. J'étais si bien, si calme, que je ne l'ai pas vu se lever, lui, sans rien demander, sans dire mot, phrase. D'un geste franc et définitif, alors que le train s'écoulait toujours vers son but d'un pas léger, mais évident, il s'est approché de la fenêtre en évitant les différentes jambes placées çà et là, et l'a ouverte. Alors, un vent d'automne, celui de la chanson, s'est engouffré dans le compartiment engoncé et a tournoyé comme un ouragan de maison de poupée. Peut-être même qu'il

---

[1] *Automne* de Jacqueline Debatte et Francine Cockenpot, administratrice en son temps de la maison de quartier de la Mareschale à Aix-en-Provence, tout comme l'auteur de cet ouvrage.

tournoie encore ? Moi, je l'ai senti arriver ; je l'ai senti m'arriver ; je l'ai senti m'emporter sans avoir le droit, l'option de le refuser, ce vent lourd comme un traître. Je me suis décollée ; je me suis envolée ; je me suis abandonnée et j'ai quitté sans l'ombre d'un gré ma sérénité, mon calme, moi qui ne tremblais plus comme la feuille de marronnier que j'étais jadis, c'est-à-dire hier, déposée sur ce siège, aidée par une fenêtre entrouverte et un vent complice, depuis cette gare d'Aix-en-Provence.

Et voilà que ce courant d'air, cet ami devenu ennemi, hésitait entre me reposer sur mon siège et m'emporter loin d'ici pour aller juste là, de l'autre côté du compartiment, du train, de la fenêtre, de l'autre côté de moi, de vous, de tout… pour me confondre aux autres feuilles décédées.

Qu'auriez-vous fait, à ma place de compartiment ? Auriez-vous tremblé de nouveau ? Le vent m'avait posée, et voilà qu'il me reprenait ! Je me questionnais, je le questionnais : où allais-je aller ? Quelle serait ma nouvelle course ? Allais-je partir vers la logique de ce que je suis ou continuerais-je mon inattendu voyage vers cet autre moi que je priais de m'attendre, s'il lui plaît ? J'étais à mi-chemin entre le dedans et le dehors. Je volais ; je voletais ; je ne décidais de rien. J'étais à cheval entre passé compliqué, présent flou et futur incertain, à cheval entre ce siège vide et le quai que le train venait d'accoster. Qu'est-ce que ce courant d'air va faire de moi : voilà où j'en suis, depuis, car je stagne toujours, moi la feuille volante !

Au début de cette histoire, de ma vie, je craignais la chute. Maintenant, je crains la rechute.

La règle de trois
n'aura pas lieu

*La règle de trois
n'aura pas lieu*

Léna est troublée : elle n'imaginait pas bénéficier d'autant d'attention de la part de ses camarades de classe. Certes, elle est racée, flanquée d'un pedigree à faire pâlir les Aixois de plus de dix générations, plus connue que la façade des 2 G ; certes, elle est belle, simplement belle, sans avoir besoin de la qualifier d'un autre adjectif qui ne servirait à rien, sinon à alourdir l'histoire ; certes, elle est unique, c'est-à-dire qu'elle est surtout la seule fille de cette classe du lycée militaire : cela explique ceci !

Et c'est comme une guerre qui se prépare pour la séduire, se l'approprier, certainement pour plus la posséder que pour l'aimer : elle est un trophée obligatoire pour ces deux garçons, chefs de leur bande respective : André-Marc, un androgyne discret des hauteurs d'Aix, donc des quartiers chics, et Patrice, un exilé venu d'une certaine capitale de la France, qu'ici on moque !

Hier, tous deux étaient amis, et rien ne pouvait troubler leur entente cordiale, gagée par leur jeunesse. Mais quand il fut venu, le temps de regarder les filles, même si chacun faisait croire à l'autre qu'il s'en fichait, la réalité dans leur cerveau pucelé était bien autre. Le fait même de dire que « non, ça ne m'intéresse pas » était déjà un acte de guerre, un mensonge évident, un coup de Jarnac, un puits neuf sans fond dans lequel l'un ou l'autre aurait voulu pousser l'autre ou l'un.

Puis il y eut Léna.

Et il y a Léna.

Léna est au milieu d'eux, comme dans un vide tant on ne l'écoute pas. Déjà, elle fut tenue de se rapprocher de Patrice, au prétexte qu'elle était la meilleure en mathématiques et qu'elle pourrait aider ledit garçon à franchir le cap de sa médiocrité en cette matière. Cela obligera André-Marc, jaloux, envieux, battu, à demander à son professeur principal, Monsieur Priame, d'intervenir, afin d'égalité et de justice, ce qu'il fera, étrangement.

Léna, lassée de leurs envies de conquêtes, ne veut, ne peut se rapprocher d'André-Marc et de Patrice, sachant que quel que serait son choix, une guerre dans la classe éclaterait. Monsieur Priame sent bien s'amplifier ce malaise pendant les cours de mathématiques et tente une conciliation, sous forme d'un conseil de classe qui pourrait bien se transformer en conseil de discipline. Mais les deux garçons restent sur leur position, bien ancrés dans leurs baskets et des gifles claquent entre eux et leurs sbires. Le proviseur en sa personne se doit alors d'intervenir avant qu'un malheur…

Malgré tractations et combines, la paix n'a pas lieu et la querelle reprend de plus belle que Léna, déjà femme. André-Marc supplie Léna de quitter le lycée pour cette déchirure fraternelle, mais Patrice se révolte pour la garder, pour lui, quitte à ce que le sang d'encre coule sur leurs cahiers. Aussi, hurle-t-il à l'envi :

– Non, elle ne doit pas partir ! J'ai une interro en maths demain et elle seule peut m'en expliquer les règles : je n'y comprends rien !

Les deux garçons ne s'entendent pas tant ils parlent fort. Un combat trop violent naît dans la cour devenue champs de Mars et pré Batailler, comme celui près du gibet aixois. Ils et leurs amis finiront par tout perdre, et ce, quel que soit leur camp.

Et c'est souvent ainsi depuis… depuis toujours : on n'extrapole jamais au-delà du bout de son œil les dégâts que l'on va commettre par prétention, par suffisance, par jalousie, par envie, par ignorance, par égoïsme.

Par connerie, quoi !

Le cours des Grands !

C'est presque déjà l'heure. Marie se réveille doucement. Ses paupières qui se préparent à s'ouvrir se doivent, ce matin, de lui offrir la nouvelle vie dont elle rêvait hier encore. La voilà libre, sans son mari, Robert Planchon, né le 18 septembre 1952 à Aix-en-Provence, Bouches-du-Rhône. Tout ceci devait arriver, la machine était en route, et tout devait finir ainsi.

Tout ceci ?

Il y a dix ans que Marie et Robert se sont mariés à l'église Saint Jean-Baptiste du Faubourg, là même ou se maria Paul et Hortense jadis. Un couple sans histoire aux dires des voisins de la rue des Cordeliers et des rares amis, mais nous savons tous qu'il ne faut pas se fier aux apparences. Et cela fait déjà neuf ans que Marie en a assez de Robert parce qu'elle ne l'aime plus. À qui la faute ? Marie pense qu'elle s'est trompée de vie, mais Robert ne le pense pas. Il voit sa femme tous les jours accrochée à ses casseroles dans sa belle cuisine. Il en déduit naïvement que si elle est là, c'est qu'elle est heureuse, et que si elle est heureuse, alors, il est heureux. Mais, elle s'est toute seule éloignée de lui, le tenant pour responsable de son malheur. Elle n'a plus voulu le regarder, à tort certainement, et elle a commencé à en regarder un autre, qu'elle trouve mieux, par défaut.

Marie fantasme, rêve, espère et délire. Serait-ce la première femme qui imagine son mari devenir feu son mari ? Pourquoi en arriver là ? Pourquoi ne peut-elle le quitter, proprement comme c'est souvent le cas, fort heureusement ? Sans doute pour le pseudo confort dans lequel il l'a installée, pour ce restaurant, « À la Cuisine Française », qu'ils ont acheté, retapé, et qu'ils exploitent sur le cours Sextius, tout en l'étant aussi par le fisc. Elle espérait mieux : pourquoi pas le cours Mirabeau ? C'est vrai aussi que ces derniers temps, Robert est devenu agressif dans ses mots parce que stressé, et Marie n'accepte pas ce traitement. Chaque phrase lui violente le cœur et la peau.

Et elle saigne.

Et puis, il y a le jeune Sébastien, un jeune d'Encagnane, de vingt ans son cadet qui n'a d'yeux que pour elle et qui souffre aussi des bagarres verbales qu'elle subit. Il est sûr qu'elle doit être battue par son mari. Il en est sûr, mais il n'en sait rien. Après tout, Robert gueule parce que l'assiette du douze est ébréchée et qu'elle ne l'a pas vue, ou parce qu'elle traîne trop en salle, laissant les plats refroidir en cuisine. Une marmite d'or, ça se mérite, mais il faut aussi la bichonner. Aussi, est-il sur les nerfs. Rien de plus.

Sébastien n'aime pas Robert, et pour séduire sa belle, il serait prêt à tout. Marie le regarde d'un air tendre et désespéré. N'importe qui pourrait y lire « Au secours, aidez-moi ! ». N'importe qui ? Surtout Sébastien qui s'acharne à lui conter fleurette en jouant au chevalier blanc. C'est vrai qu'il obtient quelques baisers furtifs sur la commissure de ses lèvres, mais ils aboutissent toujours aux mêmes paroles de Marie :

Sébastien ! Si Robert nous voyait, s'il me voyait, il me… Enfin, tu sais bien, et je ne veux plus, je préfère rester ainsi, et attendre le jour où se sera possible avec toi, avant que je ne sois trop vieille…

Et elle pleure.

Le jeune apprenti de la vie et du restaurant rumine. Il veut Marie qui semble vouloir de lui s'il n'y avait pas Robert.

Et s'il n'y avait plus Robert ? Hum ?

Robert est une force de la nature, vif et attentif. Sébastien, même armé de son amour pour Marie, n'est qu'un gringalet boutonneux taillé dans du balsa. Il hait Robert parce que Marie hait Robert et qu'il aime Marie qui n'aime plus Robert. Alors, il va inventer un moyen radical pour faire disparaître cet empêcheur d'aimer en rond. Bien sûr qu'il veut le tuer, cela paraît digne des plus mauvais scénarios, mais la vie est parfois un mauvais film. Et évidemment — doit-on le dire — Sébastien ne veut pas être arrêté pour cet acte qui ne peut être qualifié autrement que d'assassinat, car prémédité. En revanche, il pense qu'un accident peut arriver, surtout s'il est provoqué discrètement et intelligemment. Il regarde toutes les séries de polices scientifiques à la télé et il sait ce qu'il ne faut pas faire : il croit être un expert !

Alors, du haut d'une expérience quasi vierge, il réfléchit à comment rendre à Marie sa liberté et lui offrir donc le cours Mirabeau !

La cuisine du restaurant est semblable à celle d'un laboratoire : beaucoup de flacons, de produits divers, de bouteilles toujours rangées à la même place que le chef Robert, prend sans regarder, afin de ne pas perdre des secondes précieuses, pour gagner ensuite des minutes entières, sur le principe connu des petits ruisseaux qui font de tellement grands restaurants. Une idée malicieuse germe dans la minuscule tête du minot en le regardant faire : Robert goûte toujours lui-même ses sauces avant de les faire servir.

Toujours.

Sébastien, fils loupé d'une famille de pharmacien, récupère dans l'officine un produit dont le nom lui échappe, simplement attiré par la tête de mort de l'étiquette. Il en verse plusieurs grosses gouttes dans un minuscule flacon bien vidé de son parfum, comme ceux que l'on offre en échantillon, et le glisse sans sa poche comme la pire arme qu'il n'a jamais portée en lui. Puis, il retourne à son lieu de travail, qui prend de plus en plus l'apparence d'un lieu de crime avant de devenir celui de sa délivrance. C'est bientôt le coup de feu — point mortel celui-là — et Robert hurle sur Marie qui pleure, une fois de plus, une fois de trop, pour le jeune arpette qui serre les dents et les fesses. Il lui est donc facile, connaissant la carte du jour et le fameux médaillon de veau au Cognac, spécialité de l'établissement, de mélanger l'élixir d'eau de mort au flacon d'eau-de-vie normande, puis de reprendre sa place sans que personne n'ait rien vu, sinon Marie. Alors que les pièces du jeune bœuf qui ne verra pas l'âge adulte dorent dans la poêle, Robert se prépare à glacer le tout avec l'alcool. Avant de le verser, il s'en sert une lichette, plus pour être sûr qu'il a encore tout son arôme que pour s'alcooliser l'esprit. Et effectivement, il a un parfum pas très banal, qui ressemble plus à une eau de toilette qu'à du raisin fermenté.

– Marie ? Qu'est-ce que c'est que ce bordel avec ce cognac ? Ça pue le parfum, tu fais chier !

Et il s'écroule instantanément, mort. Le bœuf est vengé !

Marie s'effondre à son tour vers Robert, crie à son tour à qui veut l'entendre et quand elle semble finir, les pompiers sont déjà là, mais définitivement impuissants. Un médecin client du restaurant conclut à une mort violente et brutale, mais dont le motif semble complexe à définir rapidement.

Robert n'est plus.

Sébastien ne montre pas son contentement. Marie ne se retient pas de gémir. Sébastien comprend qu'elle joue, après tout, elle doit hériter du restaurant. Il est midi, et les clients sont priés d'aller déjeuner chez la concurrence.

— Que s'est-il passé ? Qu'a-t-il fait ? Qu'a-t-il dit ? s'inquiète le Maigret qui a rejoint la troupe ?

Marie résume tant qu'elle peut, sans rien omettre, mais rien du tout !

— Il a dit avant de s'effondrer : Marie ? Qu'est-ce que c'est que ce bordel avec ce Cognac ? Ça pue le parfum, tu fais chier !

Le flic, consciencieux, prend avec une délicatesse de prostituée débutante ledit flacon qu'il porte à ses narines averties.

— C'est vrai que ça sent le parfum. Un parfum d'homme. Ma femme saurait me dire ce que c'est…

Marie se propose de renifler et de l'aider plus vite que ne pourrait le faire son épouse absente.

— Égoïste pour Homme, de Chanel, je connais ce parfum, quelqu'un en met ici dans cette cuisine, mais je ne sais plus qui… Sébastien, non ?

Sébastien est abasourdi, le voilà mis sur la sellette par sa complice, par sa Marie. Qu'est-ce qui lui prend ? Non, mais, c'est vrai ?

— Venez jeune homme, puis-je vous... sentir ?

La réponse olfactive ne se fait pas attendre. C'est la même odeur. Le flic, à l'inverse de ce parfum, trouve que cette affaire ne sent pas bon. Sébastien bredouille quelques mots logiques :

— Il n'y a pas que moi qui mets ce parfum sur Terre ? Hein ? Marie ? Dites-lui ?
— Je n'en sais rien ! répond la jeune femme. Ici, tu es le seul en tout cas !

Le flic continue sa routine comme il l'a apprise à l'école, embarque sans menace le jeune homme et lui notifie dans la foulée ses droits et sa garde à vue pour vingt-quatre heures, le temps de connaître la composition exacte du flacon de Cognac, de l'échantillon du parfum qu'il trouve dans sa poche, et du motif du décès de Robert Planchon.

Le pauvre Sébastien qui rêvait d'un monde meilleur pour lui et sa secrète dulcinée, le voilà pour un voyage imprévu avenue de l'Europe.

L'interrogatoire commence dans les locaux insalubres du commissariat d'Aix.

— On vient de recevoir les résultats, c'est rapide, mais comme nous avions des doutes, nous avons dirigé les biologistes pour trouver certains produits. Donc, il y bien du Cognac, et du bon, c'est normal vu le restaurant du chef Planchon, mais il y a aussi de l'extrait de parfum, celui de Chanel, comme le tien. On a trouvé aussi, c'est plus ennuyeux, du trioxyde d'arsenic à forte dose. Fils de pharmacien, je ne te ferai pas l'offense de te dire que c'est le poison le plus célèbre et le plus violent qui existe, causant une mort immédiate. J'attends ta déposition, ou plus simplement, tes aveux, Sébastien. J'ai l'impression que tu es dans de sales draps !

Le gamin n'imaginait pas qu'il serait démasqué aussi rapidement. Il s'effondre. Peu de temps après, il avoue son acte, perdu qu'il est. Il ajoute qu'il l'a fait à la demande de Marie, dont il est l'amant, enfin, presque, parce son mari la battait, la torturait, la détruisait, bref, c'est un service rendu à l'humanité… de Marie.

Marie, entendue et écoutée à son tour, nie, avec ce petit accent provençal qui donne encore plus de véracité à ses dires :

– Non ! Sébastien n'est pas mon amant, pas plus que je ne suis sa maîtresse. Peut-être l'ai-je embrassé un jour sur la joue par pure affection, il pourrait être mon fils ! Il a vingt ans, vous vous rendez compte ! Il affabule, qu'il trouve des témoins de notre idylle fantôme ! Si Robert m'a battue ? Non, jamais il n'a levé la main sur moi. Parfois, seuls ses mots m'ont blessée, mais les marques ont fini par disparaître. Avec le temps. Il ne m'aimait plus, mais c'est le seul crime contre moi que je lui reproche. Je ne sais ce qu'il s'est passé dans sa tête, c'est triste tout cela, un gros gâchis. Je peux partir ?

C'est presque déjà l'heure. Marie se réveille doucement. Ses paupières qui se préparent à s'ouvrir se doivent, ce matin, de lui offrir la nouvelle vie qu'elle rêvait hier encore. La voilà libre, sans son mari, Robert, décédé ce 14 mai 2019 à Aix-en-Provence, Bouches-du-Rhône.

Le téléphone sonne. Elle décroche. Elle parle :

— Ça y est, c'est fait, quand tu reviendras de Genève, je te nommerai Cuisinier en chef du restaurant, car je suis la seule patronne à présent. Et on va pouvoir enfin rejoindre le cours, le cours des Grands ! On achètera les 2 G… Tu veux bien ?

Et elle ajoute :

— Ah ! Il nous faudra un nouvel apprenti pour la pluche et la plonge.

Et, à elle-même seulement :

— Un jeune, on ne sait jamais…

Et vint le drame

Et vint le drame

Ce matin-là, elles hurlèrent.

L'une était presque nue, l'autre presque habillée. Juste avant, c'était le contraire, comme si l'une voulait se vêtir de l'autre ; comme si l'autre voulait les habits de l'une ; comme si l'une voulait être l'autre, et réciproquement...

Comme elles hurlèrent !

Que désirait l'une et que voulait l'autre ? Ce que l'autre désirait et ce que l'une avait... Et, visiblement, bien que je ne vis rien de précis, il n'y avait qu'un ou qu'une pour deux. Un quoi ? Une quoi ? Que sais-je de ce qu'elles avaient, ou de ce qu'elles n'avaient pas, tant leurs cris me gênaient la vue, tant leurs gestes m'assourdissaient.

Il était pourtant tôt pour une telle hargne, un tel courroux. Tout avait si bien débuté, en ce matin à peine frileux de janvier. Elles étaient arrivées sur ce trottoir de la rue Méjanes — mais cela aurait pu être Rue Espariat ou rue Fabrot ou... — presque depuis hier et ne s'étaient adressé ni vœux, ni mots, ni regards : elles s'étaient ignorées dans les normes, dans les formes. Le silence complice qui régnait alentour les rendait invisibles, l'une pour l'autre comme l'autre pour l'une. C'était le jeu alors tout était parfait : point d'inquiétude !

Je me suis demandé pourquoi les 2 G, chez Nino, au Grillon, au Festival étaient déféminisée ? En fait, toutes les femmes imprudentes d'Aix-en-Provence vinrent s'accripoter dans le même blanc de bruit à ces deux têtes de filles, sans leur parler, sans se parler : les règles étaient claires et tout se passa finalement pour le mieux dans le pire de ce monde à venir. Peut-être qu'un téléphone souriant a dû résonner ? Peut-être, mais rien de plus car tout de moins.

Alors, le temps passa tranquillement, sagement, dans le saint but que toutes puissent rejoindre cette heure attendue, espérée, priée, suppliée… Des secondes s'égouttèrent encore, et toute cette foule femellisante patienta en souffrance ou souffrit en patience, sans qu'on ne pût dire que cela était un pléonasme ou une redondance.

Tout allait bien, en somme.

Oui, tout.

Puis, tout à coup ou même plus rapidement encore, comme un signal, les femmes ont couru l'une à côté de l'autre vers l'unique qu'elles cherchaient, laissant les autres loin, loin derrière elles. Elles foncèrent vers un point précis, mais qu'il est inutile de décrire puisqu'il n'existe évidemment plus : elles savaient, elles possédaient sa connaissance, depuis hier ou avant-hier. Elles avaient repéré le lieu du méfait pour leur futur bienfait. Elles savaient qu'il était là et qu'elles devaient être seules.

Mais elles étaient deux.

Quand elles y arrivèrent simultanément, alors vint le drame.

Le drame ? Elles se battirent comme des chiffonnières pour justement un bout de chiffon en forme de robe, de chemisier ou d'étole : ce matin-là, c'étaient les soldes…

Le garçon de café
était une fille

L'endroit est glauque puisque la lumière est verte. Il n'y a que les cafards qui se sentent réellement à l'aise et le patron qui est aussi jaune que la peinture nicotinée qui dégouline sur les murs. Ça pue l'alcool frelaté et les frites usagées à plein nez.

Heureusement que cet endroit n'existe plus car j'aurais été obligé de dire que toute ressemblance, etc., etc. Quoique, je ne sais pas s'il n'existe plus, ou si un autre n'a pas pris sa place dans les mêmes conditions. Ça se passe à Aix, mais bon, cela aura pu se passer ailleurs aussi.

Bref !

Quand je repense aujourd'hui à toute cette histoire, je me dis que la vie est cruelle comme un bulletin de loto perdant. Des rêves pour un et des peines pour tous les autres. J'en ai profité pour admettre la vie comme un axiome, sans que je sache ni son origine ni sa finalité. La faux n'est pas toujours bien aiguisée. C'est ainsi, j'ai eu du bol et Prisca n'en a pas eu.

La pauvre.

Quand je l'ai vue la dernière fois, c'était ce matin quand elle est venue m'offrir mon p'tit noir au lit comme un rituel infaillible, alors qu'elle était dans ma chambre, et moi dans elle, quelques instants plus tôt. Elle était déjà belle, comme un matin sans réveil, et elle me regardait, souriante, au bord d'un plaisir imminent.

Je lui souris à mon tour, le café à la commissure de mes lèvres et le sucre en grain de soleil sur ma langue. Elle me dit qu'elle doit y aller et elle jure, une fois de plus, que cette contrainte sera bientôt la dernière. Elle continue à ronchonner tout en s'habillant — dommage, elle est si enivrante, nue, avec des seins si… — puis claque la porte après m'avoir baisé tendrement. J'entends encore ses plaintes dans l'escalier grinçant, lui aussi, avant de disparaître dans la profondeur et la longueur de la rue Espariat. Comme je ne peux me résoudre à passer plus de cinq minutes sans elle, je m'habille aussi — je suis moins beau nu — et je me précipite dans son troquet — non, je ne peux donner son nom ! — où elle turbine. Je vois qu'elle est déjà en salle. J'entre, je m'assois, je ne dis mot et mon café arrive accompagné de ma serveuse préférée, ma Prisca. Comme personne n'est au courant de nous deux, je joue au client poli et bougon. Un de ses yeux clignote. Je reçois ce signe comme un de ces petits bonheurs qui vous font la vie plus éclairée. Je laisse une pièce de rien du tout pour la taquiner et je m'oblige à partir vivre ma journée de dur labeur.

Comme d'habitude, c'est mon chemin…

Et cette journée passe devant moi comme les arbres qui défilent contre la vitre d'un train gris de banlieue marseillaise. La soirée fait de même sans plus de couleur et la nuit s'incruste tout comme moi sur mon lit défait, souvenir ébahi de mes ébats débauchés de la veille. Quand le téléphone sonne, c'est déjà demain, mais il est à peine six heures. Une heure pour les mauvaises nouvelles. Vincent ne me réveille que pour de mauvaises nouvelles, sauf quand il m'a appris que le Parisien était mort, preuve que la mort est parfois intelligente. C'est rare, mais cela arrive et il faut le noter.

– Denis ? C'est Vincent !
– Je sais.

— Faut que tu viennes, on a retrouvé un cadavre dans un rade du cours Sextius. C'est pas beau, je te préviens !

C'est jamais beau. Ça fait dix ans que c'est jamais beau. Y a-t-il des cadavres beaux ? Je consulterai mes collègues pour savoir. Pour le moment, je me sors du lit, orphelinisant des rêves humides. Je passe les détails sans saveur de mon parcours entre ma chambre et le cours suscité : je suis pressé et pas le temps de prendre mon café aux 2 G. Dommage, j'aime bien. Vincent m'attend à l'intérieur du bar du cours Sextius.

L'endroit est glauque. Il n'y a que les cafards qui se sentent réellement à l'aise et le patron qui est aussi jaune que la peinture nicotinée qui dégouline sur les murs. Ça pue l'alcool frelaté et les frites usagées à plein nez. Ah ? Je l'ai déjà dit ? Alors, c'est que ça doit être doublement vrai.

Au milieu de la salle, sur les carreaux froids et octogonaux de temps en temps, gît un corps.

Que pourrait-il faire d'autre que gésir ? Vincent me salue :

- T'as vu ça ? T'en penses quoi ? me demande-t-il
- Qu'il est mort ! réponds-je, avec cette lucidité qui a fait ma réputation dans ce métier.

Je regarde ce corps sans tête. Il doit donc y avoir quelque part une tête sans corps. Par réflexe, je vais dans la cuisine. Le plat du jour était « pieds paquets du chef » : quand on voir le restau, on s'inquiète de la qualité et la propreté des pieds du chef ! Mais je ne suis pas venu pour manger ni pour vérifier. Vincent interroge encore le patron de ce bouge. Légèrement choqué, il a du mal à s'exprimer et ne fait que répéter : c'est pas moi, c'est pas moi. Il dormait paisiblement quand il entendit des bruits dans la cuisine, peut-être des animaux pour sa daube du week-end. Il descendit puis découvrit ce doux spectacle.

- Attends, je vais le fouiller. Il a peut-être des bouts de papier dans ses poches.

Et puis, un sourire inattendu de la part de Vincent.

– Des papiers, Vincent ?
– Non, des seins ! Deux ! Et gros en plus !

Ses fringues posées à côté en vrac sont très masculines, mais il s'agit bien d'une femme. Je demande au patron :

– Vous ne savez pas qui c'est, donc, cette femme ?
– Quelle femme ? Je prends pas de femmes la nuit, moi !

Vincent, plus réveillé que moi, fait le nécessaire pour couvrir ce cadavre qu'il trouve finalement exquis.

– Tu crois que je fais une photo que je placarde dans tout le quartier pour savoir qui c'est ?
– Je sais pas, la jolie paire de seins en photo de cette demoiselle va plus ressembler à un

racolage pour un site érotique qu'à un appel à témoin !

Finalement, j'obtiens un café sans sucre. Je réclame du sucre et je sucre mon café dans lequel il ne me semble pas qu'il y ait du café. Je le bois paisiblement alors que le quartier se remue devant le café aussi énergiquement que ma cuillère dans ma tasse. Vincent fait tomber le rideau de fer. Le spectacle continuera dans La Provence tout à l'heure en première page.

– Si cela se trouve, elle est blonde, mais j'en sais rien, elle est épilée.

Comme Prisca. Je n'ai pas eu de ses nouvelles hier soir, au fait. C'est vrai que je n'étais pas joignable, mais, bon, un message sur mon répondeur m'aurait fait plaisir. Ma Prisca, je n'aimerai pas te retrouver dans cet état-là. Je me décide à appeler Prisca sur son portable, au risque de la réveiller. Une sonnerie. Deux sonneries. Trois sonneries. Quatre. Un répondeur. Je raccroche, je ne veux pas qu'elle sache que je l'ai appelée. Je range mon portable au fond d'une poche que je connais bien, la mienne.

Vincent me redépose sur la réalité brutalement.

— Denis, j'ai retrouvé sa tête, elle n'était pas loin, c'est presque trop facile, elle était dans le congélo.

Entre deux saumons qui ne reverront plus leur Norvège natale, une tête d'ange trône, presque aussi rose que ses voisins.

— Elle n'y est pas depuis longtemps. Tu vas rire, je crois que tu la connais ?

Rire ? Décidément, je n'aime pas ses blagues ce matin. Vincent me propose de jouer à « Devine qui vient dîner ? ».

— Je sais pas, Vincent, je te jure, tu es lourd, là !

Alors que je m'approche du cercueil improvisé, froid comme la mort qu'il contient, mon portable vibre terriblement :

– Prisca ? C'est toi ? Je suis au boulot ! Rien ? Oui, je t'ai appelée ! Non, routine, je te raconterai, enfin, peut-être ? Tu vas bien mon ange ? Tu me manques, tu sais ? À tout à l'heure !

Vincent, avec son tact habituel, me montre sans poésie le dernier morceau du puzzle deux pièces. Je reconnais ce visage.

– Prisca ?
– Tu sais, c'est la serveuse d'à côté de chez toi. Ne me dis pas que tu ne l'as pas remarquée ?

Non, je ne lui dis pas. Comme je ne lui dis pas que je l'ai eu au téléphone, il y a moins de dix-sept secondes. J'ai bien reconnu sa voix, son numéro et ses petites mimiques qui font que Prisca ne peut être que Prisca et pas le contraire. Et puis, le corps que je connais par cœur n'est pas celui de ma douce même s'il a le même âge et les mêmes seins. Un nouveau jeu commence : qui est qui ? Pour Vincent, il n'y a pas de doute, mais pour moi, il y en a un, et de taille.

– C'est du gâchis quand même, un si joli petit lot ! soupire Vincent.
– C'est sûr que ce serait sans doute moins grave si elle était moche ? C'est ça que tu veux dire ? Ce n'est pas la serveuse que tu dis.

Je m'éloigne un instant et rappelle Prisca pour savoir si ce rêve est un cauchemar ou non. Quelques souffles de vide se font entendre avant celui salvateur de Prisca.

– C'est toi mon ange ? Je voulais t'entendre à nouveau ? Tu dormais ?
– Non ! Je ne dormais plus, vu l'heure. J'attends ma sœur. Elle travaille de nuit. Elle est serveuse comme moi, mais pour être tranquille, elle est obligée de se faire passer pour un mec ! Mais si tu voyais le corps qu'elle a, et surtout comme elle est belle, tu en perdrais la tête, mon chéri.

Y a des gens, parfois,
je vous jure…

*Y a des gens, parfois,
je vous jure…*

Il pousse la porte des 2 G ; il entre ; il s'assoit. Il commande un café au serveur.

— Serré !

Qu'il ajoute. Et il l'obtient, assez rapidement. Il met plusieurs fois la tasse à ses lèvres et semble apprécier ce moment caféiné sans rien faire.

Sans rien faire ? Mais quel culot !

J'ai tout de suite vu qu'il n'est pas normal, ce type. Enfin presque tout de suite, car j'étais en train de répondre à un texto alors que je rédigeais un courriel pendant que je consultais Wikipédia au sujet des relations humaines au quotidien. Oui, je suis DRH… et ce thème m'est important : je le maîtrise.

À présent, voilà que ce type regarde autour de lui : quel toupet ! Il ne croise pas mon regard, fort heureusement, puisque je me suis plongé dans Candie Crush dont je n'arrive pas à terminer le troisième niveau. Mais lui, non, il scrute le peuple de ce bistrot moderne, ou branché… Je ne sais pas, je n'ai pas bien remarqué la déco, je n'ai pas que cela à faire. Et puis une déco, c'est une déco, même aux 2 G !

Je crois qu'il y a une fille aussi pas loin, enfin une femme… Et lui, ce type insolent la salue ! N'importe quoi ! De quoi se mêle-t-il ? La saluer ! On aura tout vu !

Pourtant, la télé que je regarde et qui récite les bandeaux d'une chaîne info sur une bande-son décalée provenant d'une radio de jeunes pourrait le déconcentrer, mais en fait, il ne semble pas concentré. Non, il rêvasse, l'idiot ! Comment peut-on rêvasser de nos jours ? Rêvassé-je, moi ? Impensable ! Je suis DRH, je vous rappelle !

Évidemment, j'ai l'idée de lui dire qu'il est anomal d'agir ainsi, à ce type, mais je veux absolument terminer ma lecture sur ma liseuse avant que les batteries ne réclament une recharge bien méritée. Pire, je n'ai deux briques sur mon smartphone ! Je n'ai pas de temps de me plaindre, car sinon…

*Y a des gens, parfois,
je vous jure…*

Alors que je tente d'oublier ce type incroyable, je l'aperçois se lever et se diriger vers la femelle. Pire, il s'assoit près d'elle. Mais ? Il ne la connaît pas, pourtant ! Elle aussi est bizarre : elle ne fait rien non plus ! C'est quoi cette façon de faire, enfin, de ne pas faire ? Je vais interroger Google pour savoir s'il y a des antécédents à ce mode de vie assez surprenant !

Et vous savez quoi, ils se parlent ! Non, mais dans quel monde vit-on ? Je me précipite donc pour twitter ce que je vois et qui m'abasourdit, et j'écris un article sur Facebook accompagné d'un selfie. On les voit bien en arrière-plan… J'espère recueillir un bon nombre de like et de partages !

Déjà qu'ici ça s'appelle les 2 G alors qu'on est en 4 G et bientôt en 5 G ! Quelle ringardise !

Ne voilà-t-il pas que la fille et mon type se mettent à sourire, puis rire : ont-ils vu mon post, ce qui expliquerait cela ? Non, c'est impossible, car ni l'un ni l'autre n'ont de téléphone et de tablette.

Vous savez quoi ? Ils ne sont pas connectés !

Y a des gens, parfois, je vous jure, qui sont vraiment d'une autre planète !

Un passant qui passe

Extrait de « Le Promeneur Aixois » du même auteur.

Qui suis-je ?

Rien qu'un passant, un passant qui passe devant ceux qui s'arrêtent et me regardent, me dévisagent, me déshabillent pour finalement me tailler un costume peu ordinaire pour cette belle journée… J'ai juste envie de passer, de passer mon temps à descendre ma ville, par ici, par là, dans une logique particulièrement évidente. Plus qu'un passant, je suis un promeneur, un baladeur, un voyeur.

Un regardeur !

Ce que je vais voir aujourd'hui deviendra peut-être un jour cliché, mais pour le moment, pour le tout de suite, ce n'est que ma cité pour un présent tellement éphémère qu'il n'existe déjà plus : Aix, en Provence. La Belle Endormie ainsi que de mauvaises paroles l'ont surnommée, mais sa collègue, celle du Bois Dormant, a bien fini par se réveiller un jour, non ?

Je m'appelle Aimé Lefaure : j'ai quelques années derrière moi et un peu moins devant ;

l'avenir me dira si ce n'est pas le contraire finalement ! J'habite Cours Saint-Louis[1], juste face à l'École des Arts et Métiers, jouxtant le parc, offert il y a une dizaine d'années à la cité par monsieur Rambot, ce parc où j'aime ne rien faire. Mais ce matin, j'avais une consultation à l'hôpital Saint-Jacques, mais tout va bien, je vous rassure !

Comme il est tôt, je me suis dit, plutôt que remonter les boulevards Notre-Dame et Saint-Louis avant d'arriver au cours éponyme, qu'il me serait agréable de traverser Aix afin d'en profiter autant qu'il se peut. En fait, je pressens des changements depuis que monsieur Bédarride trône à sa destinée. On appelle ça « l'évolution », ou « le progrès ». Moi, je dis que casser des murs pour « avancer » n'a pas de sens ; on m'a répondu que le « c'était mieux avant » que je prône n'en a pas non plus ! Je ne sais finalement ce qui a vraiment du sens !

---

[1] En 1877, date à laquelle cette histoire se déroule, le cours Saint-Louis n'est pas encore le cours des Arts-et-Métiers.

Si vous me permettez, je vais aller vérifier quand même, surtout qu'il me faut vraiment la trouver : m'accompagneriez-vous, au moins jusqu'aux 2 G ?

Sainte-Madeleine

Mon Dieu, que j'aime raconter des histoires ! Mais je n'ai qu'un seul public : vous, mon Dieu ! C'est pour cela que je suis souvent près de vous, à Saint-Sauveur, à Saint-Jean-de-Malte, et à Saint-Esprit aussi, car j'aime bien Jean-Paul II et Jeanne d'Arc. Je ne suis pas un simple visiteur mais un réel bavardeur.

Et comme je n'aime pas être interrompu, vous comprenez pourquoi, mon Dieu, vous êtes mon spectateur préféré.

Aix est une de ces villes où vous habitez partout : ainsi, il m'est facile de vous rencontrer sans vous déranger, car j'ai l'impression que vous m'attendez. Aussi, en profité-je !

Et là, j'ai un sacré truc à vous apprendre ! Si vous aviez eu le temps, nous serions allés aux 2 G prendre un café-croissant mais trouvons un autre endroit, où vous êtes déjà !

Et il est un endroit où je n'ai pu vous aborder, car il est fermé à mes bavardages, tout autant qu'il l'est à mes pieds : Sainte-Madeleine ! Est-ce un souhait de votre part que de m'y refuser l'accès ? Avez-vous soupé de mes logorrhées ? Ne suis-je pas le Verbieur éternel comme vous l'êtes dans votre fonction, bien évidemment ? Offrez-moi cet endroit que je puisse m'exprimer en le vôtre, je vous prie, mon Dieu ?

En attendant, je me dirige promptement vers cette église en réfection depuis trop longtemps[1]. Je la regarde, la supplie de me laisser un trou de souris pour la pénétrer. Point ne bronche, je suis simplement ignoré.

Alors, je continue sur la place non éponyme et regarde si un signe ne serait apparu dans l'instant ? Non, rien… sinon la porte ouverte du couvent des Prêcheurs devenu Parlement de Provence devenu Collège des Prêcheurs et devenu ruine en attendant que… Qui dit couvent dit peut-être chapelle ? Sans plus réfléchir, j'entre entre poussière et bruit dans le hall. Aussitôt, face à moi, le cloître. Sur ma gauche, des

---

[1] NDLA : nous sommes en 2018.

salles voûtées et un grand escalier, et sur ma droite, un petit escalier et un cabinet de toilette.

Pardonnez-moi, mon Dieu, mais j'ai une envie d'uriner plus forte que celle de vous parler. Et une fois ce besoin exprimé, je serai tout à vous, plus calme, surtout que j'ai du lourd à vous raconter, si vous saviez !

Sortant alors des toilettes, la chasse n'exprimant pas d'humidité, j'ai comme une idée qui vient de votre esprit avant de s'incruster dans le mien : le couvent-collège n'est-il pas mitoyen de l'église de la Sainte-Madeleine ? Et l'endroit où je me trouve précisément n'est-il ce mur qui partage les deux endroits, pourtant complémentaires ?

Effectivement, dans ce mur, une porte de bois, sans poignée, mais avec cette petite pièce de serrurerie appelée carré. Il suffit d'y mettre un clou dans un des trous dudit carré afin de la faire pivoter pour que la porte s'ouvre, la serrure alors libérée du pêne.

Et la porte s'ouvre alors que la bobinette choit, même si le système est toutefois plus moderne.

Et je pénètre dans un des couloirs de l'église.

Quelques pas dans le corridor, puis je tourne sur ma droite, et me voilà dans le transept et dans le chœur. La nef est vide, sauf de votre esprit, mon Dieu. L'autel en marbre semble abandonné et la croix de votre fils a dû être remisée. Que cet espace est Grand, à tel point que je me dois de mettre une capitale à cet adjectif.

Alors, je m'autorise — une fois n'est pas ma coutume — à gravir les escaliers de la chaire pour mieux m'entretenir avec vous, mon Dieu, car ce que j'ai à vous dire va faire grand bruit. Le bois grince et regrince. Ma pointe des pieds ne suffit pas à le faire taire. Le silence est encore plus puissant avec ce léger bruit de temps passé. Je respire fortement pour l'étouffer, alors que je fais tomber une clé ou un téléphone, que sais-je ?

Et c'est à cet instant que je vous ai entendu !

— Qui êtes-vous ?

Moi qui pensais que vous alliez me tutoyer ! Votre voix résonne en écho dans toutes les chapelles.

— Où êtes-vous ?

Comme si vous ne le saviez pas !

— Je vous parle ? M'entendez-vous ?

Oui, que je vous entends : mais s'il vous plaît, taisez-vous : des ouvriers pourraient aussi vous entendre et nous chasser !

C'était mieux avant !

C'était le soir ; il faisait nuit ; il faisait froid ; il faisait noir.

Il faisait.

C'était l'hiver, un hiver tellement ordinaire qu'il en était banal, affligeant, sans intérêt. Et lui, il s'en fichait, tout comme elle s'en fichait. Et même si demain le jour retrouvait couleur et chaleur, ils s'en ficheraient tout autant. Demain ne serait pas un autre jour, visiblement, ni pour lui ni pour elle.

C'était le soir, sûrement chez Léopold. Ou aux 2 G. Ou ailleurs… Oui, sûrement ailleurs, là où il y avait encore de l'herbe et quelques maisons abritées du bruit.

C'était donc une autre époque. La belle époque ! Celle des photos en blanc et noir ; celle des journaux qui laissaient des traces d'encre sur les doigts ; celle des rues vidées de ce ne qui n'existait de toute façon pas encore; celle des arbres qui poussaient sans jamais mourir parce que rien ne pouvait les faire mourir, justement ; celle des gens qui se saluaient avec leur chapeau. Bref, la belle époque… le siècle dernier !

Ce soir-là, au loin, un chien et un autre aboyaient par métier. Tout le monde s'en fichait aussi de ces mâtins de nuit que l'on entendait pourtant. Du coup, ils se turent, vexés, à moins qu'on ne les tuât. Plus près, les arbres battaient leurs branches sur d'autres branches, et peu importe le bruit, le son, la musique que cela pouvait produire, on s'en fichait. Alors, le peu de vent qui subsistait, pas assez fort pour s'imposer, abdiqua finalement sans peine, ou plutôt, avec peine. Ce que l'on pouvait entendre, à cette époque !

Qu'entendit-on d'autre, alors ?

Peut-être le train qui traversa le silence, tout près de l'avenue de la gare ? Peut-être un avion qui dévora les nuages ? Non ! Trop tôt pour cette époque ! Peut-être une voiture automobile qui usa le bitume de la Nationale 7 ? Non, trop tôt aussi ! Pas de sirène, de klaxon, de tut-tut, de pouet-pouet, peut-être des dring-dring de temps à autre, et encore, d'un vélo et non pas d'un téléphone ! Et l'on pensait malgré tout que c'était bien de les entendre, ces bruits : cela voulait dire qu'il n'y avait rien d'autre à entendre !

De la musique ? Oui, c'est ça : de la musique en flonflon ! Et des garçons de café, plein et des bruyants.

Décidément, comme on pouvait se ficher de tout, ce soir-là ! Comme tout pouvait se ficher de tout ! L'on était bien ; c'était avant, tellement mieux, avant…

Alors on chantait à tue-tête et tue-oreilles : une fin de mariage, juste avant la soupe à l'oignon. Du monde, bien en forme et en formes. Et qu'ils s'aimaient, lui et elle, elle et lui ! Fête et festin d'une époque qui était « si bien » !

Vive les mariés !

Et puis, il tomba. Fini le marié, le mariage, la mariée, les rêves pour le meilleur passé et le pire à venir. Le cœur rompu par trop d'amour ou étouffé par un croûton aillé trop gros, il est tombé.

Le voilà quasi mort, quasi raide, quasi sec.

Que faire, tout à coup ? Crier, appeler l'aide des secours ? Comment, où ?

S'il y avait eu le SAMU, l'hôpital tout proche, un hélicoptère ? Mais non, trop tôt pour cette époque ! Et pour lui, trop tard…

Pourtant, c'était tellement mieux avant, dit-on souvent !

23 h 59

23 h 59

Dans une minute, ce sera demain.

Ce sera l'an prochain.

Mais lui, il roule, sur cette autoroute à vive allure, comme s'il voulait arriver à ce demain avant les autres. Pourtant, personne à doubler, à croiser, à rencontrer. Personne sinon lui et ses phares qui s'écartent pour éclairer un vide qui n'en méritait pas tant. Au loin, le même vide, et pareillement dans son rétroviseur. Rien.

Et il n'a pas peur.

Il roule, au milieu des deux voies lactées, tant elles sont blanches et scintillantes. Elles lui parlent : un trait long, un trait long, un trait long… Il ne comprend pas ce que cela veut dire, mais il semble d'accord.

La route lui appartient, ce soir, pour une fois qu'il est le chef de quelque chose, faute de l'être de quelqu'un, et il a assez d'essence pour aller là où il veut aller : à demain ! Il se sent fort dans sa si petite voiture ; il se sent le maître de la route, comme de son destin qui va se présenter, dans une minute, à peine.

Il ne lit pas les panneaux, parce qu'ils ne sont pas écrits. Il n'a pas envie de les lire de toute façon, alors cela tombe bien ; il a juste envie de rouler, tout devant jusqu'à temps que tombe à ses pieds un nouvel avenir. Il s'est promis que ce fameux demain ce serait un autre jour, même s'il se lève toujours trop tard, ce jour.

La radio est éteinte : il sait ce qu'il entendrait s'il l'allumait et cela lui suffit pour la laisser sans voix. Non, c'est le bruit de l'air sur son capot qui l'enchante, qui le séduit, qui l'embrasse. Peut-être que pour le compte à rebours, il pourrait klaxonner ? Dix coups pour aller de neuf à zéro. À zéro ? Mais il lui semble qu'il y est depuis qu'il est né, alors pas de quoi le fêter, ce zéro tant présent dans son passé. Alors, il ne klaxonnera pas…

Quelques secondes encore, quelques kilomètres et cela en sera fini pour cette année, il l'espère.

23 h 59

Il y croit ; il s'y croit. Il y va à Aix-en-Provence, même si rien ne le prouve sur les panneaux toujours silencieux de l'autoroute A8.

Et il lui semble enfin voir la lumière qu'il prie, tout au loin. Est-ce enfin demain ? La lumière s'approche, s'agrandit, se répand et emplit le tunnel dont il n'a jamais réussi à sortir. Il sait que le moment est là, plus que proche et qu'il sera inutile de lui souhaiter « la bonne année ». Il sait qu'il va gagner l'autre rive du pont de l'Arc ou des Trois Sautets.

Aux 2 G on décompte le temps qu'il reste avant l'an qui vient… mais lui dans sa tête, le compte à rebours est tout autre.

5, 4, 3, 2, 1…

Alors, dans un éclair de nacre, il accélère et se détruit contre un camion-citerne qui, venant de Nice, roulait, lui, du bon côté de l'autoroute.

0 h 00.

Comme

Comme le chant du ciel un soir de juillet, quand un rai de Lune croise un rai de Soleil, par connivence.

Comme une larme de bise sur une mer plus rose que le rose d'une rose, plus bleu que le bleu du plus noir de la nuit qui n'existe pas encore pour tous.

Comme des rochers détachés des bagues, attachés aux vagues, dans un reflux semblant au flux, là où justement, il n'y en a jamais, parce qu'inutile.

Comme une mer noyée à moitié dans la Terre, ou une terre à moitié noyée dans la mer, je ne sais plus…

Comme la lumière qui tamise le sable et l'eau, pour n'en faire naître que du Pur et du Véritable.

Comme le silence d'une vie qui bat et se débat vers un avenir déjà empli de souvenir.

Comme une histoire bercée de doux moments translucides et prismés, et qui offre elle-même le temps qu'il lui faut pour être lue.

Comme un visage qui se détache d'ailleurs et d'aujourd'hui, sans attendre demain, mais juste en l'espérant.

Comme des promesses interdites, qui font peur autant qu'elles rassurent, ces fameuses promesses que l'on se fait avant de mettre son visage dans l'oreiller.

Comme une couleur improbable, d'une rencontre improbable, pour un bonheur forcément probable.

Comme la richesse que l'on ne possède pas, mais qui nous possède, instinctivement.

Comme l'impossible, le si rare, l'imprévu, l'inattendu tant attendu, l'espoir tant espéré, le présent qui tarde à se présenter.

Comme du rêve, comme une émanation, une composition cérébrale, sans preuve, sans besoin de preuve ou de prouver à quiconque. Quant à soi, on sait.

Comme un signe, comme une évidence, à saisir autant délicatement que sûrement.

Comme un instant essentiel, invisible pour les autres qui n'ont que des yeux, avait dit le renard.

Comme un café bien chaud, bien noir, à la terrasse des 2 G, mais qu'on ne boira plus jamais…

… comme avant.

Le Pianiste des 2 G	15
Le rêve de Guillaume	41
Sur le cours des Arts	51
Sainte Rita	59
Le huitième passager	67
La règle de trois n'aura pas lieu	83
Le cours des Grands !	89
Et vint le drame	103
Le garçon de café était une fille	109
Y a des gens, parfois, je vous jure…	121
Un passant qui passe	127
Sainte-Madeleine	133
C'était mieux avant !	141
23 h 59	147
Comme	153

© Thierry Brayer

Éditeur : BoD – Books on Demand

12/14 rond-point des Champs Élysées, 75 008 Paris
Impression : BoD – Book on Demand, Allemagne

ISBN : **9782322204366**
Dépôt légal : février 2020